海空陸
RIKU MISORA
繪者 WON
落第騎士
英雄譚
avalry
7

落第騎士英雄譚
Cavalry
7

「看起來還挺適合妳的嘛，史黛菈同學。」
©Won

「像是金魚一樣，好可愛……」
©Won

Won

人家要變成可愛的小兔子，
跳進一輝的心裡喔♪

一輝的視野之中映著——一片潔白無瑕。
他不可能認錯。
她的身軀散發淡淡光輝，猶如薄明；
手持一對純白雙劍，宛如羽翼。
這道幻象——正是曾與一輝交手，
擁有世界最強之名的劍士。
Calusaritio・Salamander
「《幻想諷畫》——《比翼》愛德懷斯。」
©Won

CONTENTS

間章　毫無餘韻的勝利

七星劍武祭第二天。

C區第二場比賽，黑鐵一輝對上城之崎白夜。

一方是在第一輪擊敗〈七星劍王〉的新銳F級騎士，另一方則是去年度七星劍武祭亞軍。這兩人的勝負，迎來出乎意料的結局。

一開戰，一輝便以〈一刀羅剎〉施展奇襲。城之崎白夜還未從起始線上踏出任何一步，就這樣倒地不起。

戰局實在是太過一面倒，連主審都愣了半晌。

「主審（Referee）。」

直到一輝出聲提醒，主審才馬上想起自己的工作，趕緊奔向倒地的白夜身旁。

主審確認白夜完全失去意識後，宣布比賽結束。

比賽的結果，使得會場一片譁然。

『這、這這這、這實在是太驚人了！〈落第騎士（Worst One）〉黑鐵一輝選手！他竟然在比賽開始的轉眼之間，瞬間逼近〈天眼〉城之崎白夜選手，一刀斬殺了對手啊———！』

『喂、喂，剛才那是什麼啊!?』

『你有看到他剛剛做了什麼嗎？』

『沒、沒有，完全沒看到。我才心想比賽終於開始了，不知何時……』

比賽就結束了。

觀眾們都露出莫名其妙的表情。

但也難怪他們會一頭霧水。

畢竟——一輝剛才使用的招數已經超越一般境界，普通人的動態視力完全跟不上。

『〈一刀修羅〉是以鍛鍊至極致的集中力與肉體控制力，在一分鐘之內耗盡自身的全力。而他剛才使用的技巧則是〈一刀修羅〉的強化版，他以前也曾在〈雷切〉一戰之中使用過此技巧。他以這招搭配〈比翼〉之劍，展開最快速的開場速攻……原來如此，這的確是相當合理。』

一名身穿西裝、配戴眼鏡的妙齡女子——八乙女教練，代替牟呂渡教練坐在播報席上。她正在為無法理解狀況的觀眾們說明一輝剛才的行動。

飯田則是繼續擔任播報員一職。他接著詢問八乙女教練：

『這兩項技巧配在一起，有這麼合情合理嗎？』

『是啊。或者應該這麼解釋，〈無冕劍王（Another One）〉的伐刀絕技（Noble Arts）和〈比翼〉的劍術，兩者的概念是相同的。

在瞬間使盡全力。

這兩種技術都是基於這個概念，展現出驚人的爆發力。

兩者搭配施展，便能產生相乘的效果。

至於這效果有多驚人，只要看看比賽時間就一目了然了。』

飯田聞言，再次確認比賽時間後，瞪大了雙眼。

『這、這是……！這、這個數字實在太令人震驚了！本場比賽的時間只有短短零點八秒！黑鐵一輝選手居然以大賽最快紀錄擊敗了前次大賽亞軍——！』

『他、他竟然花不到一秒啊！』

『喂！至今的大賽紀錄是多久啊？』

『我記得是二十秒左右。』

『竟然整整縮減至二十分之一啊…………！』

『太、太帥了……』

『這位老兄太厲害啦！你就這樣一口氣奪冠吧！』

『一輝——！加油——！』

『黑鐵選手面對前次大賽亞軍，壓倒性勝利，並且突破了大賽紀錄！他就在一片歡聲之中走回休息室！F級的他以超人般的爆發力，克服了魔法能力上的不利，堂堂邁入第三輪比賽！〈落第騎士〉真的太強了！他能否就這樣一路衝上七星之巔呢？下午的第三輪戰也相當令人拭目以待！』

一輝身為七星劍武祭開賽以來最弱的劣等生，卻接連擊敗前次大賽的冠、亞軍。他的活躍使得整座會場歡聲雷動。

八乙女身處於喧鬧的會場中，她眼鏡後方那對精明的雙眼，注視勝者離開戰圈的背影，默默心想。

以結果來看，的確是一輝的壓倒性勝利——

（但是這場勝負，真的能稱得上是「一面倒」？）

◆◇◆◇◆

「唔…………！」

一輝越過閘門，遠離了觀眾的目光。他靠在通道的牆壁上，氣喘吁吁。

額上汗如雨下。

血珠……一滴又一滴地落在腳邊。

〈一刀羅剎〉的瞬間爆發力，是〈一刀修羅〉的十倍。

使用〈一刀羅剎〉後所產生的副作用，連一輝千錘百鍊的肉體都無法負荷。

使用這一招，幾乎等同於自爆。

可以的話，一輝盡可能不想動用〈一刀羅剎〉。

不過……他認為這麼做是正確的。

畢竟──

（我要是按照平常的方式進行比試……〈天眼〉最快會在第二十三步抓到我。）

白夜在比賽開始之前，以擁有〈天眼〉美稱的優秀觀察力，想像出這場戰鬥的棋譜。而一輝也以他媲美照妖鏡般的洞察力，識破了這盤棋。

一輝看穿了一切。就連白夜並未考量到自己會以〈一刀修羅〉展開開場速攻，也在一輝的預料之內。

那他就應該針對這點進攻。

為了確實獲勝。

而一輝的計策確實奏效，白夜完全落入他的陷阱裡。

不過……

（我實際上並沒有贏得像表面上那麼輕鬆啊。）

一輝有自知之明。

當然了。

〈天眼〉可是能在比賽開始前，就看穿比賽所有的過程，他怎麼會犯下這麼初階的錯誤？

原因就在於……方才的開場速攻就是如此不可能的選項。

今天因為主辦的賽程考量，下午便會舉行第三輪比賽。而他下一場比賽的對手是……〈染血達文西〉──莎拉．布拉德莉莉。她是曉學園的王牌，她不但能將畫下的事物化為實物，還能重現其他魔法騎士獨有的伐刀絕技。她就是以這般壓倒性的力量，打敗了〈劍士殺手（Sword Eater）〉。

一輝在對上這樣如同怪物般的對手之前，就用掉一天只限一次的殺手鐧。

從整體來看，他的行動明顯降低了自己的勝利機率。

雖說白夜確實是個強敵，但他應該保留殺手鐧，想出別的方法對付他，這麼做才合情合理。

但是一輝依舊使用了唯一一張王牌。

不，正確來說……是不得不使用。

眼前的敵人強得讓他無法顧及下一場比賽。

也就是說，這場比賽的確將一輝逼到絕境了。

（我雖然在史黛菈面前逞強說了那些話，但連戰果然還是很辛苦啊。）

一輝的心中沒有絲毫獲勝的喜悅。

只存在著濃濃的不安。

七星劍武祭聚集了日本最強的學生騎士。他卻必須在這場大賽中，一天連戰兩場比賽。

而且第三輪比賽的對手──莎拉，她所擁有的伐刀絕技〈幻想諷畫（Purple Caricature）〉，不只能重現一輝的伐刀絕技──〈一刀修羅〉，更能重現他擁有的劍術。

只要她有那個意思，她甚至能施展出一輝方才使用的組合技巧。

（我真的能不靠〈一刀修羅〉就打敗她嗎……？）

除了莎拉的能力，更令一輝心情凝重的是……她的執著。

她不知為何，堅持要自己成為她的裸體模特兒。

她昨天甚至逼得一輝跑去兄長的房間借宿一晚。

要是自己輸了……她搞不好會在戰圈上剝光自己的衣服。

倘若真的演變成這種狀況，今後自己恐怕再也無法以真面目示人。

畢竟今年的七星劍武祭，可是以世界規模進行轉播。

「嗚唔……我的胃……胃比身體還痛啊……」

各種意義上，第三輪比賽都讓一輝沉重無比。

第八章 喧鬧不休的醫務室

比賽結束後，一輝進入會場設置的再生囊（Capsule），治癒傷口。

〈一刀羅剎〉的副作用，導致一輝的全身肌肉開始剝離。不過只要使用再生囊，短短數分鐘內就能治癒這種程度的傷口，不會影響到下一場比賽。

醫務人員待一輝傷勢復原後，將他轉送至醫務室。他現在正躺在病床上，微微發出鼾睡聲。

因為他進入再生囊時，施打了淺度的全身麻醉。

而醫務室裡設置了螢幕，上頭正顯示出會場進行的賽況。

現在的對戰者……是他的妹妹——〈深海魔女（Lorelei）〉黑鐵珠雫，以及去年的季軍・淺木糀。

『D區第二場比賽，淺木糀選手的動作非常敏捷！厲害、太厲害了！她輕鬆穿梭在〈水牢彈〉的槍林彈雨之間，同時不斷逼近珠雫選手！糀選手的速度實在太快，珠雫選手完全無法瞄準對方！』

© Wo

『她不只是快而已。』

『您的意思是？』

『椛選手剛才使用獨特的步法，名為〈抽足〉。這是她的老師——〈鬥神〉南鄉寅次郎的拿手絕技。她能滑進對手的意識之外，對手若非精通武術，能夠自在掌控自己的身體與精神，就難以破解這套步法。而珠雫選手的專長完全在魔法方面，她恐怕很難對付椛選手的攻勢。』

就如同八乙女所說，螢幕中的珠雫無法捕捉椛的動作，難以進攻。

而椛也在這段期間攻進珠雫的交叉距離，施展〈抽足〉繞到珠雫身後。

『哎呀！珠雫選手的身後完全被對手逮個正著啊！』

於是椛在自己的靈裝——日本刀型靈裝(Device)上附上緋紅焰火，使勁揮下！

珠雫根本反應不及。

她曾在〈雷切〉一戰中嘗過〈抽足〉的苦頭。但是若要破解〈抽足〉，必須控制自己的腦部與身體，在違反本能與自然反射的情況下自由運作。

而她必須累積長年的修練，才能習得這項技術。

這技巧不是一朝一夕就能學得會。

——不過，這名少女根本不需要這種技巧。

眼看椛的刀刃就要劃破珠雫的背部。但就在這個剎那，珠雫的腳邊突然升起水壁，阻卻了刀尖。

珠雫的反應出乎椛的預料，她頓時一驚。

就在這個頃刻之間，勝負已定。

訝異使得椛的動作一滯。珠雫的伐刀絕技──〈水牢彈〉就在此時命中了椛。

『竟、竟然啊!?椛選手逮住了珠雫選手的身後，珠雫選手卻頭也不回地迎擊了椛選手──！〈水牢彈〉捉住椛選手了！〈水牢彈〉命中椛選手的身體之後，立刻爬上身軀，堵住了呼吸道！椛選手拚命掙扎，但是〈水牢彈〉是液體，她怎麼抓都抓不住！不、不過，珠雫選手為什麼知道椛選手的位置呢!?』

『……原來如此，她還真是狡猾呢。』

『八乙女教練，您明白她的手段了嗎？』

『是啊。她似乎是將〈水牢彈〉做為障眼法，同時在整個會場都無人發覺的情況下，悄悄在戰圈全場布下薄薄的水膜。也就是說，即使她無法以肉眼捕捉到椛選手，也能仰賴水面的搖晃、波紋的位置，去判斷對手的位置。』

這樣一來，她就算無法以視覺認知對手的方位也無妨。

珠雫即使閉著眼，還是能正確判斷出椛的位置。

『哦哦──！椛選手此時雙膝著地了！主審同時發出比賽結束的暗號！D區第二輪第二場比賽，勝者確定是──〈深海魔女〉黑鐵珠雫選手──！會場哀嘆聲四起！這也難怪啊！地主隊的武曲學園本屆選手甚至被稱為『黃金世代』，但是現在上位三名選手竟然全部敗北！而另一方面，破軍學園的三名出賽選手，全體進軍第三輪，成績相當優秀！新生曉學園同樣有三名選手存活，展現了他們的存在感！晚間六點開始的第三輪戰，實在令人相當期待啊！』

「呵，也是。那傢伙哪會敗在同樣的技巧下，她可沒這麼老實。」

史黛菈坐在一輝病床邊的鐵椅上，輕笑一聲，關掉了螢幕。

接著她再次回想現在大賽的戰況。

方才珠雫的比賽結束後，總算決定了本次大賽的前八強。

不過說得正確一點，史黛菈早就進入準決賽，所以是七強。

而這七人，每一人都不容小覷。

首先是史黛菈自己，她的同學一輝，以及珠雫三人。

一輝等人這些新世代選手，以及曉學園這個新勢力登場之後，優勝候補的選手們便接二連三從賽場上消失。但是其中仍然有人緊追在後，那就是祿存學園的〈鋼鐵狂熊〉(Panzer Grizzly)——加我戀司。

唯一能與史黛菈並列的A級騎士——〈烈風劍帝〉黑鐵王馬。

以未知的能力，在第二輪不戰而勝的選手——〈厄運〉(Bad Luck)紫乃宮天音。

以及——

「最後是……這個變態。」

史黛菈緩緩望向腳邊。她的腳邊有一名髮絲散亂不堪的少女，她的身上正緊緊纏滿繃帶——那是莎拉・布拉德莉莉。她在第二輪比賽中，以猶如〈萬花筒〉一般，變幻自如的伐刀絕技取得壓倒性勝利。

莎拉拚命找機會想抓一輝當裸體模特兒。她早就料到一輝會因為〈一刀羅剎〉的副作用使用再生囊，於是她來到醫務室，正要掀開一輝衣服的瞬間，被史黛菈當場逮個正著。史黛菈似乎也預料到這個狀況了。

然而莎拉雖然做出這種行為，卻仍然面露不滿，出言抗議史黛菈的用詞。

「我不是變態，請說我是藝術家。」

「用色情畫家來稱呼妳就很不錯啦！對妳真的不能大意耶！」

「為什麼……妳昨天不是願意幫我嗎？」

史黛菈聞言，發出「唔！」的悶哼，露出苦惱的表情。

「昨、昨天那是……我聽妳說願意在皇宮畫下我們的畫像，的確是不小心被這句惡魔的呢喃勾走了心，可是我已經花一整天冷靜下來了。妳的畫技如此精湛，妳筆下的一輝肯定相當吸引人，但是只要一輝不願意，我就絕對不准妳畫啦。」

「就是因為他不願意，才要趁他睡著的時候畫啊。」

「這更要不得！」

史黛菈氣得橫眉倒豎，站起身踩住莎拉的背部。

「痛、好痛好痛……！會斷、骨頭會斷……！」

史黛菈明明沒施多少力氣，莎拉卻哀號連連，似乎是真的很痛苦。

曉學園是看中莎拉破格的強大能力，才挑選她為出賽成員。不過她原本就不是戰鬥人員，平時生活不健康，運動不足，再加上先天體質虛弱，她的身體實在不算強壯。

「這點程度就大叫，真弱啊。」

「我是畫家，我和某個會熔接斷骨的母猩猩不一樣，很纖細的。」

「妳最好注意一下妳的口氣。先不說一輝，我本來就跟妳有仇了，妳要是太放肆，我可不知道自己會做什麼喔？」

「唔嗚嗚嗚嗚～～～～!?!?」

史黛菈望著被捆得像是網狀火腿的莎拉，額上直冒青筋，同時使勁拉扯繃帶。

被史黛菈那非比尋常的臂力如此一扯，繃帶毫不留情嵌進莎拉的肌膚，勒得骨頭吱呀作響。

〈染血達文西〉本就孱弱，這下更是承受不住。

雖然史黛菈恨曉學園恨得牙癢癢，但她也沒打算在戰圈之外傷害大賽選手。她視狀況放開了手，有些傻眼地嘆了口氣。

「唉，話又說回來，妳幹麼這麼執著於一輝的裸體？我印象中的『瑪莉歐．羅索』，畫風可是非常廣泛的啊？」

她的作品不只是人物畫，也有風景畫、宗教畫。

畫法從抽象派到現實派，應有盡有。畫風不拘泥於單獨形式，相當自由。

史黛菈所知的「瑪莉歐．羅索」，就是這樣的畫家。

但是她為什麼會如此執著於男性的裸體畫？

莎拉短暫沉默後，低聲答道：

「……我有一幅畫，非完成不可。」

「畫？」

莎拉點了點頭。

「一幅描繪彌賽亞救世的畫。那幅畫是某人耗盡終生構思出來，最後卻無法完成的作品。我的感性在這麼吶喊：若要完成那幅畫……一定需要他的協助。」

「也就是說，妳想在那幅未完成的畫中，加入以一輝為模特兒的人物畫，是嗎？」

「嗯。」

「那妳去拜託王馬不就好了？他和一輝長得很像，體型也比較壯碩吧。既然要畫男人的裸體畫，畫王馬不是比較搶眼嗎？」

「王馬不行。他們的確長得很像，但是王馬的外貌沒有柔和感，只有純粹到脫離常軌的強悍。他的模樣一點都不符合彌賽亞的形象……他不配點綴在那幅畫的空白處……那幅畫的中央……拿妳來舉例好了。既然妳的目標是這場大賽的冠軍，妳就不會甘於亞軍的位置吧？」

「……話是這麼說沒錯啦。」

「我和妳一樣。對我來說……完成那幅畫是非常重要的目的。我不能妥協，也不打算妥協。你們賭上性命去奮戰，而我也一樣，我也是賭上性命在畫……畫……」

莎拉低聲述說著。

她的音量很小，音調也少有起伏，但是她的話語中，蘊含著頑強的決心。

這副柔弱軀體的中心，是難以想像的堅韌，如同鋼鐵，屹立不搖。

史黛菈見狀……多少也對她產生了好感。

說實話，她並不討厭這樣的人。

莎拉是那樣直率地邁向自己的目標。

「……我明白了。妳的確是以無法想像的熱情，在面對妳的畫作。我收回我的話，我不會再說妳是色情畫家了。可是一輝本人不願意當模特兒，所以我還是沒辦法答應妳。妳如果真的那麼想畫，就想辦法說服一輝吧…………？」

史黛菈說到一半，突然察覺。

腳邊的莎拉渾身微微顫抖。

她身上的束縛現在應該沒有勒得那麼緊……

「妳好像在發抖，怎麼了？」

「……幫我鬆綁。」

「不行。我要是放開妳，妳又會跑去騷擾一輝吧。」

「我知道了……那妳不用幫我鬆綁。」

「那？」

「拿尿瓶給我。」

「妳早說啊——!!!!」

「還有，幫我脫褲子。」

「不要以**尿褲子**為前提說下去啦!?妳是女孩子吧?怎麼能跨越那條界線!」

「這又沒什麼，我在畫室熬夜的時候常有——」

「妳要是再多說一句廢話，我就縫了妳的嘴!妳給我等一下!我馬上解開……!」

相對於莫名冷靜的莎拉，史黛菈反而顯得慌張。她趕緊伸手想解開綁住莎拉的繃帶。

不過——

(呃、咦……?這要怎麼解開啊?)

她是一氣之下把莎拉綑成一團，現在根本不知道怎麼解開。

不過她也沒時間煩惱了。

「是、是這裡嗎?」

她憑感覺隨便拉了拉繃帶。

於是乎——

「咕唔!?」

繃帶突然收得更緊，使勁勒住莎拉的傲人雙峰。

「……好、好緊…………唔唔……」

繃帶壓迫到肺部，莎拉眼角帶淚，痛苦地呻吟。

「抱、抱歉！我搞錯了！呃，所以是這裡嗎！」

接下來，史黛菈隨手拉了拉纏在莎拉身上的每一條布條，但是全都失敗了。

每當史黛菈拉錯位置，繃帶便更加用力勒進莎拉的身體，最後連遮住莎拉胸前的圍裙都捲了起來。

她的圍裙勉強掛在乳頭上，**雙峰隨時都可能出來見客**。這副模樣實在太悽慘了。

「總、總覺得看起來變得很誇張……」

「……綁、綁得這麼緊……我真的會忍不住……」

「不要啊——！妳要忍住啊——！妳忍不住的話，事情就糟糕了啦——！」

史黛菈眼見狀況加速惡化，慌忙地放聲慘叫。

而她的哀號迴盪在巨蛋中狹小的醫務室——

（嗯……）

喚醒了身旁還在沉睡的黑鐵一輝。

他睡眼惺忪地揉著眼睛，緩緩從病床上爬起身，緊接著——

「嗯……咦……？史黛菈，妳在做什麼？」

他見到自己的女朋友，正用繃帶綑綁莎拉豐滿的肉體，而莎拉痛苦地呻吟不止。

「咦？妳到底在幹麼啊——!?」

「一、一輝!?」

史黛菈見到一輝清醒，臉上的焦躁更顯濃厚。

她到底該怎麼說明這副莫名其妙的景象。

不過現在的狀況是名副其實的十萬火急。

所以史黛菈省略事情經過，直接告訴一輝現在的狀況。

「糟、糟糕了！莎拉想上廁所，快忍不住了，可是我解不開繩子！」

「我實在不知道該從哪裡開始吐槽這個狀況。總之就是妳想解開那些繃帶嗎？如果繃帶解不開，剪斷不就好了？」

「就、就是這個！」

解決方法這麼簡單，自己卻沒想到，看來自己是緊張過頭了。史黛菈懊惱著自己的糊塗，同時將〈妃龍罪劍(Lævateinn)〉滑進繃帶與莎拉的肌膚之間，斬斷繃帶後，把莎拉踢出醫務室。

「好、好了！繃帶解開了，趕快去廁所啦！」

「嗯……」

只見莎拉以怪異的步伐走向廁所。史黛菈目送莎拉離開後，重新面向一輝。

「一輝，謝謝你。託你的福，總算是避開最慘的狀況了。」

「是嗎……那就好。」

「……然後啊，解決眼前的問題之後，可不可以讓我說明一下事情經過……」

「不，我大概理解發生什麼事了。」

「咦？真的嗎？」

「我剛才是因為剛起床，腦袋一片混亂。這個狀況其實是一目了然。畢竟是史黛菈妳會做的事，我們之間雖然還不到以心傳心的程度，但我大致上還是能理解妳的行為。」

一輝這麼說完，淡淡一笑。

史黛菈見到一輝的反應，便放下胸口的大石。

畢竟眼前的景象太過特殊，她以為一輝會對她有了奇怪的誤解。

「是、是嗎？那就太好了。」

史黛菈衷心感謝通情達理的男友，欣喜地綻放笑容。

她很開心，他們之間已經是如此地心有靈犀。

史黛菈露出令人憐愛的神情。一輝則是輕柔地握住史黛菈的手，雙眼當中滿是真誠的摯愛。他望著史黛菈，這麼說道：

「嗯。所以說，史黛菈，只有情侶之間才能做那種事喔。不管妳有什麼嗜好，我絕對不會因此討厭妳的。」

「你根本完全沒理解嘛——————!?」

表情驟變。

史黛菈使勁甩開一輝的手，高聲慘叫。

她身為一名花樣年華的少女，實在無法忍受這種誤解。

「一輝，不是啦！你誤會了！我才不會因為綁住女孩子而感到高興啦！我沒有那種興趣！那應該說是順水推舟嗎？總之我是考慮到下午的比賽，用〈幻想型態〉削去她的體力也不太好，無計可施之下才用繃帶綁住她啦。我絕對不是喜歡才這麼做……！」

史黛菈拚命說明經過。她慌張過度，還差點咬到舌頭。

一輝見到史黛菈的慌張模樣，開懷地笑道。

「我開玩笑的。我知道妳是在保護我，不讓莎拉偷襲。」

「什麼！你、你心知肚明，還故意耍我嗎!?一輝太過分了！」

一輝是故意開口捉弄她。

史黛菈氣得鼓起雙頰，怒瞪一輝。

一輝則是伸手戳了戳她鼓鼓的臉頰，同時露出有些壞心的表情，說道：

「我這是報仇，誰叫妳昨天害我沒辦法回房間。」

「唔。」

一輝這麼一說，史黛菈無法反駁。

她心中的怒火甚至頓時一掃而空，不安隨即取代了憤怒。

自己的輕率行為，或許比自己想像得還要不妙。她可能徹底惹惱了一輝。

所以史黛菈的雙瞳不安地游移著，詢問一輝：

「………你該不會氣炸了吧？」

「沒有。戳史黛菈鼓起的臉頰很有趣，所以我已經不在意了。」

「那算什麼嘛。真是的……」

史黛菈安心地吐了口氣，主動將自己的臉頰靠上一輝的指尖。

她或許是以肢體語言表示：「我有在反省了。」

史黛菈的雙頰染著淡淡的粉色。一輝稍微享受一下那柔軟的觸感後，改以掌心輕撫她滑嫩的臉頰。

她的肌膚每一處都是光滑細嫩，指腹完全摸不到一絲瑕疵。

有如剛出生的嬰兒，摸起來非常舒服。

所以一輝總是不小心沉醉在史黛菈的肌膚觸感之中。

史黛菈似乎也很喜歡一輝的舉動，舒服地瞇起雙眼，同時蹭著一輝的手掌，彷彿在要求更多的愛撫。

「史黛菈，這樣好像貓咪。」

「喵～♥」

史黛菈半開玩笑地甜甜叫了一聲，繼續對一輝撒嬌。

能和親愛的戀人單獨待在一起，即使是些微的接觸，也令他們相當幸福。

不過……就在如此幸福的一刻——

醫務室的房門「喀啦」一聲打了開來，有人走進房內。兩人幸福的時間也宣告結束。

突如其來的訪客，嚇得兩人頓時雙肩一跳。

一輝的手就放在史黛菈的臉上，當場僵住。另一方面，來者開門進到醫務室後，淡淡瞥了僵住的一輝一眼——

「……看來我**總是**出現得不是時候啊。」

來人低聲說道。他的語氣平淡，聲音聽起來相當沉穩。

兩人聞言，沒有回答。

不，是沒辦法回答。

兩人驚訝過頭，思緒暫時短路了。

因為現在出現在兩人面前的人——

「不、不會吧……！」

「爸、爸爸……！」

正是黑鐵一輝的親生父親，擁有〈鐵血〉之名的魔法騎士。

黑鐵嚴。

◆◇◆◇◆

「原、原來爸爸有來會場啊。我都不知道。」

「這是舉國歡騰的大活動，我身為日本分部的統帥，當然會在場。而且我的三個孩子全都參賽，我就更應該來了。」

「啊、啊哈哈……說、說得也是。」

一輝招呼著突然出現的父親。

但是他的態度卻相當不自在，笑容也微微抽搐。

這也難怪。畢竟他居然讓父親撞見自己和女友之間的打鬧嬉笑。

根本是尷尬到極點。

就連身為男人的一輝都是如此了。

……史黛菈坐在一輝身旁的鐵椅上，臉色更是難看得不得了。

「～～～～～～～」

史黛菈嬌小的雙手放在膝上，緊緊握拳，低垂著臉，渾身顫抖。

她的臉色紅得彷彿耳朵快噴火了。

過度的羞恥心使她的腦袋沸騰，頭暈目眩。

她甚至覺得，就連她和一輝初次見面，一輝撞見自己更衣的時候，都沒有這麼丟臉。

（太糟了……糟糕透頂啊……！）

如果是別人倒還好，最慘的就是，她都還沒和男友的父親打過招呼，就讓他撞見如此愚蠢的場面。

她現在就想殺了幾分鐘前還在喵喵叫的自己。

對方一定、不，是肯定會認為自己是個蠢女人。

這種第一印象，實在差勁到極點了。

（嗚啊啊………！）

說實話，自己對一輝的父親只有厭惡。

他對一輝造成無數的傷害。

史黛菈無法原諒他的任何作為，一件都不行。

但他依舊是男友的父親。

而且他還是騎士聯盟日本分部的長官。

史黛菈不管是身為一輝的女友，還是身為法米利昂的第二皇女，都不能讓他繼續留有「自己是個蠢女人」的印象。

要趕快挽回才行。

可是該怎麼做？

沸騰的腦袋怎麼也沒辦法正常運轉。

此時，嚴主動向慌亂的史黛菈搭話。

「史黛菈公主。」

「是、是的——!?」

史黛菈彈起似的抬頭，望著嚴的方向。

此時，嚴突然深深向她鞠躬——

「初次見面，史黛菈公主。我是黑鐵一輝的父親，名叫黑鐵嚴。小犬平時總是受您照顧，這麼晚才來問候您，真是失禮了。」

（公公公公公公大人先向我打招呼了啊啊啊啊啊啊啊——！）

一個女人，竟然讓男友的父親先問候自己。

這下豈止無法挽回，根本是捅了個大簍子。

嚴的舉動徹底給了史黛菈最後一擊。

史黛菈一次又一次的失誤，讓她的腦袋某處傳出「啪！」地一聲，接著冒出白煙。

（以、以日本的禮節來說，這、這種時候應該怎麼辦啊!?）

史黛菈拚命思考如何對長輩表達敬意和誠意。

不過她接二連三出醜，以及問候男友父親引發的未知壓力，頭腦已經燒到短路，沒辦法下多正確的判斷——

「我是史黛菈·法米利昂！小女子不孝，請多多指教!!」

於是她口吐奇怪的日語，同時當場下跪行禮。

「……史、史黛菈，那裡不應該用『不孝』，而是『不才』才對。還有下跪也太過頭了……」

「啊…………」

一輝小聲指正史黛菈。史黛菈一聽，頭更暈了。

再加上，嚴聽了她那古怪的招呼後——

「…………呵。」

他的口中洩漏一絲笑意。笑聲雖然微小，但他確實笑了。

而這間醫務室既狹小又寧靜，笑聲自然傳進史黛菈耳中——

「～～～～～～～～～～～～～～」

史黛菈顫抖著雙肩。

她一想到自己醜態百出，淚水一滴又一滴落下。

真想就這樣消失。

此時，一隻手搭上史黛菈的雙肩——

「……史黛菈，妳不用這麼緊張。」

一輝溫柔地伸手抱住她的肩膀，扶她站起身，同時出聲安慰。

接著，他銳利的雙眸狠狠瞪向父親。

「史黛菈突然見到爸爸，已經很緊張了，你還嘲笑她，會不會太過分了？」

嚴見到一輝的反應，則是坦率地道歉。

「啊啊，不好意思，我並不是在嘲笑她。我只是想起……以前你被拘留在分部的時候，也曾經為了問候史黛菈公主的父王，在牢房裡練習下跪。所以一時覺得有點有趣……呵呵、看來你們感情很融洽啊。」

「等、爸爸、那是……！」

「……一輝也做過同樣的事嗎？」

「唔〰〰〰」

突然被人挖出丟臉的過去，一輝只好狼狽地低下頭。

他的態度，等於是肯定了史黛菈的疑問。

（一輝也是啊……）

「哈哈……」

這男人一臉酷樣，若無其事地安慰自己，但其實他在自己不知道的地方偷偷做過同樣的事。這讓史黛菈頓時開懷一笑。

壓在肩上的緊張頓時消失無蹤。

嚴似乎是看準了這個時機，再次開口——

「您多禮了。希望您以後也能和一輝好好相處。」

他這麼說完，向史黛菈要求握手。

史黛菈也趕緊回禮。

「好、好的，這是當然的……啊。」

而當她握住嚴寬大的手掌，這一瞬間，她心裡升起了一個想法。

這粗糙又堅硬的手掌，握起來和一輝很像。

從中緩緩滲進掌中的暖意也是。

（總覺得……和我的印象不太一樣……）

她原本以為這雙手……這個男人，應該是有如無機物、岩石一般地冰冷。

他可是能無所不用其極地打壓自己的親生兒子。

事實卻與史黛菈的想像不符，讓她有些困惑。

另一方面，一輝無意間在女友面前丟了大臉，有點不好意思地說：

「所以爸爸怎麼會來這裡？該不會是身體出問題了？」

他這樣詢問嚴，語氣中混雜些許擔憂。

這裡是醫務室。

一輝以為嚴來這裡，是因為身體出狀況。

不過嚴放開史黛菈的手之後，否定了一輝的疑問。

「不，我只是有事找你，才來這一趟。」

「找我……？」

「沒錯。我身為黑鐵家的當家，有件事要和黑鐵一輝談談。」

不只是一輝，史黛菈聽見這句話，表情也頓時緊繃了起來。

至今為止，只要嚴……黑鐵家一有動作，就沒好事。

因此史黛菈緊緊依偎在一輝手邊，彷彿在支撐著他。

黑鐵家當家想談的事。

也就是說，那是一輝家的家務事。

照常理來看，自己身為外人，是否該迴避？史黛菈的腦中閃過這個想法，不過──

（我已經不是外人了……！）

史黛菈捨棄了這個想法。

自己是一輝的女友……不，是他的**家人**。

自從〈雷切〉一戰之後，兩人已經成了這樣的關係。

所以不論黑鐵家要什麼手段，自己這次一定要守護一輝。

她絕對不讓黑鐵家繼續傷害一輝。

史黛菈為了展現自己的意志，選擇留在一輝身邊，以便牽制嚴。

嚴似乎也從史黛菈炙熱的雙眼之中，讀出了那份意念。他沒有請史黛菈離開，直接告知來意。

他以那宛如鉛塊一般低沉的獨特嗓音──

「一輝，我在考慮和你斷絕親子關係。」

說出了這樣的提議。而這個提議，將會使環繞在一輝與黑鐵家的種種問題，畫下決定性的句點。

◆◇◆◇◆

「什………………！」

嚴突如其來的斷絕緣分要求，令史黛菈瞪大雙眼，大喊道：

「等等、為什麼……！」

「我贏得七星劍武祭第一輪後……我以〈落第騎士〉……不，是〈無冕劍王（Another One）〉之名進入全國前八強，已經擁有某種程度的影響力。我這名F級騎士已是眾所皆知，即使動用黑鐵家的力量，也很難抹滅我的存在……既然如此，不如直接斷絕關係。爸爸，是這麼回事嗎？」

一輝這麼回問道。他的語氣比史黛菈稍微冷靜一些。

嚴則是點頭肯定。

「……大致上就是這麼回事。從武士局時代開始，黑鐵家就負責統帥這個國家的伐刀者（Blazer）們，是秩序的象徵。這個家中不能有人率先打破這個秩序的標準，也就是『階級』。

要是讓你繼續待在這個家裡，會有更多人打算『挑戰』自己的極限。

會有人憧憬著你，將你當作目標。

你英勇奮戰的身影擁有如此危險的魅力，足以誘發他人的想法。

……但是，那些有勇無謀的挑戰與慾望所帶來的大部分結果，對個人、對組織都是有百害而無一利。你明白嗎？你的存在對黑鐵家來說，已經不再是單純的『無益』……〈無冕劍王〉黑鐵一輝對於秩序是『有害』的。」

「少開玩笑了──！」

下一秒，鏘啷一聲！史黛菈撞開鐵椅，猛地站起身，烈焰般的髮絲迸發著燐光，高聲怒吼。

她彷彿隨時都會衝上前似的，雙眸燃起熊熊怒火，同時大肆咆哮：

「我真是太蠢了……！我還以為你或許是個明理的人！你這樣算什麼父親啊!?」

史黛菈的眼神猙獰，有如猛獸的雙眼，壓迫感十足。

意志薄弱的人，只要被她瞪上一眼，可能就說不出半句話了。

不過她眼前的男人，是騎士聯盟日本分部的長官。

嚴承受著史黛菈的視線，面不改色地答道：

「公主殿下，您所言甚是……但我除了父親的身分之外，更是這個國家的紀律象徵。我賭上〈鐵血〉的稱號，以及父親賦予我的名字──『嚴』，終生堅守這個國家的紀律，直到最後一刻。我不能讓紀律有一絲鬆動，更不容許他人撼動這份紀律。」

嚴的灰眸相對於史黛菈激烈如火的眼神，色彩顯得黯淡許多。

但灰眸深處蘊藏著強悍的意志，堅若鋼鐵。
這份強硬的意念，讓史黛菈充分明白，他們之間的對話毫無意義。
「你……！」
「史黛菈。」
史黛菈按耐不住怒火，眼看就要撲上去了，一輝立刻站起身制止她。
「史黛菈，住手吧。」
「可是！」
「謝謝妳願意為我發這麼大的火。不過……我希望妳現在能忍下這口氣。」
「唔～～～～哼！」
畢竟是一輝開口勸阻，史黛菈也沒辦法動手。
她握緊拳頭，將無處可去的怒氣發洩在牆上，轉過身背對著嚴。
她要是繼續看著這個男人，恐怕壓抑不住自己。
一輝再次小聲向她說了句：「謝謝」，接著重新面向嚴。
「……看來你並不是隨口說說而已。」
「當然……而你也可以趁機脫離我們的掌控。我沒有那個閒時間，也不會這麼無聊，一直去阻擾一個無關緊要的人升學。我認為這個提議，對我們雙方都是有益無害。」
嚴的語氣無比認真。

事實上，就如嚴所說，這個提議確實有利於一輝。

雙方早已形同分道揚鑣。

為了雙方的立場，或許爽快地斷絕來往還比較好。

不過——

「爸爸，我可沒辦法說聲：『好，我知道了。』就馬上答應你這種事啊。」

一輝並沒有當場回覆嚴。

嚴理解一輝的用意。

「我明白了，我並不急著聽你的答覆。我會再找時間來訪。」

嚴語畢，從椅子上站起身，離開了醫務室。

徒留這陣如鉛塊一般沉重不堪的氣氛。

◆◇◆◇◆

「啊——氣死我了！那傢伙算什麼嘛！」

史黛菈毫不掩飾自己的怒氣，放聲大吼，同時抓起枕頭，往嚴關上的房門扔去。

接著她怒目橫眉地瞪向一輝。

「一輝！那傢伙真的是你的爸爸嗎!?你身上該不會還有什麼複雜的設定吧!?例如其實是愛人帶來的孩子之類的！」

「可是我們長得很像，確實是親生父子沒錯……大概、應該啦。」

一輝回想起自己至今的遭遇，語氣難免沒什麼自信。

「我多少能理解爸爸的用意。爸爸負責領導全日本的騎士，要是每個人都像我一樣反抗他，可就天下大亂了。」

一輝對怒火中燒的史黛菈這麼說道，但他的話聽起來卻像是在幫父親幫腔。史黛菈頓時面露不滿。

「什麼嘛，一輝。他明明說要和你斷絕關係，你竟然還這麼冷靜。」

一輝則是凝視著史黛菈，雙眸中滿懷憐愛，這麼答道：

「還好啦。以前的我可能還會覺得沮喪，不過現在不同了。我的身邊還有一位女孩，她親口答應成為我的家人呢。」

沒錯，他和以前被〈倫理委員會〉抓走的那個時候不同了。

一輝即使與父親恩斷義絕，他的身邊還有一個人。她曾經立誓成為一輝的家人。

所以一輝聽完嚴的提議，他雖然感到驚訝，卻不會因此慌亂。

因為他深信，身旁的這名少女會成為他的歸處。

「啊、唔、唔唔～～～～。」

史黛菈面對一輝率直的信任，則是滿臉通紅地轉開頭。

她知道自己開心過頭，現在臉上的表情肯定看起來傻乎乎的。

一輝則是笑盈盈地望著史黛菈，繼續說道：

「而且說實話，我早就知道會有這麼一天……不，是我先逃離了黑鐵家，本來就應該由我主動向父親提出這個要求。我是無法避開——不，是不能逃避這個問題。」

一輝反抗了黑鐵的一切，堅持貫徹自身的意志，所以他應該自己做個**了斷**。

「……一輝打算和那個男人斷絕關係嗎？」

「我原本是這麼打算的。」

「原本？」

史黛菈見一輝含糊其辭，不禁疑惑地歪了歪頭。

「我早就做好覺悟了……不過，等到爸爸主動提出來——」

他卻沒辦法馬上答應。

他明明很清楚，自己不會給出其他答案。

一輝這麼說完，自嘲地笑了笑。

「該說是我長不大，離不開父母嗎？不知為何……我現在還是沒辦法打從心底討厭那個人。」

「一輝…………」

「不過，沒問題的。我打算不久之後就回覆爸爸……不，我的答案早就決定了，之後只需要將答案告訴他。我和爸爸絕對不可能有交集，我們的想法宛如兩條平行線，既然如此，就該好好做個了結。」

「真的是這樣嗎？」

「？」

史黛莅扔出的枕頭撞上門後，房門半開了條縫。而門縫外傳來了第三者的聲音。

門邊站著的那名少女，身上的裝束糟蹋了那張端正的容貌。正是方才離開醫務室的莎拉．布拉德莉莉。

「妳回來啦？」

「我看你們好像在談很複雜的事，就在外頭等了一下。」

「我倒是希望妳將常識用在服裝的TPO上頭啊……」

史黛莅淡淡一瞥莎拉身上的裸圍裙，無奈地嘆了口氣。

「莎拉同學，妳剛剛是不是想說什麼？」

「……沒什麼。」

莎拉靜靜地搖了搖頭。

她方才走進房內的時候，確實低聲說了句：「真的是這樣嗎？」

那句話就代表，她對一輝的家務事有她自己的一番見解。

不過她似乎不打算積極介入。

所以一輝也不繼續追問。

自己和她並沒有交心，也不算親密，他並不會想特別去聽她的建議。

不，不只如此——

「先不提這個，〈無冕劍王〉——」

「我拒絕。」

「我、我什麼都還沒說啊～……」

「光看妳的眼神就知道妳想說什麼啦！」

莎拉就如同人偶一般，面無表情，雙眼中卻閃爍著耀眼的欲望與好奇心。她的眼神就和昨天，以及宴會上相遇的時候一樣，猶如野獸。

於是一輝在莎拉開口之前，先一步堵上她的嘴。

莎拉被一輝先發制人，頓時有些不知所措。

不過她並不是因為半吊子的興趣，才追著一輝跑。

她也有她的理由，她絕對不會讓步。

所以她立刻振作起來。

「其實我剛才是想說你可以不用當模特兒，不過你拒絕了。也就是說……」

「不要搬出小學生才會說的藉口！不行就是不行！」

不過一輝也毫不退讓。

不如說是他絕不能退讓。

先不論她身為畫家的名氣有多響亮，要一輝在別人面前光著全身，實在太害羞了。

他不可能若無其事地答應這檔事。

「不管妳怎麼拜託，我絕對不會當裸體模特兒啦！」

「…………嗚～」

「妳一臉不甘心也沒用。」

「嗚──嗚──」

「多嗚幾聲也不行啦！」

一輝徹底否決，莎拉只好沮喪地垂下肩膀。

「……我明白了。」

「妳終於願意放棄了？」

「我等你睡著之後再來。」

「妳根本什麼都不明白啊！雖然我早就知道了！」

一輝半是哀號地抱頭慘叫。

不能就這樣讓她走。

畢竟眼前的能力者即使是鎖上門鎖……不、就算是四面用水泥牆封住的密閉空間，她照樣**能做出房門闖進去**。

現在可是重要的大賽期間，要是被這種人盯上，一輝晚上根本睡不安穩。

一輝現在必須解決的功課，除了與父親・嚴之間劃清界線，還得盡早與這名少女結束這段奇妙的關係。

他必須趕快讓她放棄，越快越好。

所以當莎拉打算走出醫務室「改日再訪」，一輝立刻上前抓住她的肩膀，將她拉了回來。

「莎拉同學，等一下！不管妳來幾次我都──」

不過──

「…………呃……」

他話只說到一半，就沒了下文。

因為莎拉回過頭的瞬間，唯一裹住她上半身的圍裙，上頭的肩帶突然滑落。

咚隆隆～

一對有如哈密瓜般碩大的潔白乳房，頓時從圍裙內跳了出來。

「啊。」

「呀啊啊啊啊啊啊啊啊啊啊啊啊!?!?」

放聲慘叫的人不是莎拉，而是史黛菈。

她火速從一輝身後衝上前，雙手遮住他的雙眼。

接著高聲抗議。

「一、一輝！你、你你你你到底在幹麼啊!?」

「不、不是啦！我不是故意的……不對、不是我的錯！我只是抓了她的肩膀，結果圍裙自己就……！」

「啊～圍裙的肩帶斷了……」

兩人滿臉通紅地大肆喧譁。一旁的莎拉則是神態自若地撿起滑落的圍裙，淡淡低語道。

仔細一看，圍裙的肩帶部分完全斷了。

「大概是妳剛才亂拉一通的時候拉斷的，所以是妳的錯。」

「唔……我、我剛剛好像是有拉了類似的帶子……」

所以是自己的錯嗎？

不，怎麼想都是這個變態的錯。誰叫她要穿這種只要肩帶一斷就會走光的衣服。

但史黛菈也明白，現在的狀況不適合追究這些問題。

「總之妳先用那邊的床單遮住身體啦！然後妳把飯店房間的鑰匙給我！既然是我的錯，我就去幫妳拿衣服！」

「沒有。」

「妳弄丟了？那妳告訴我房間號碼，我會去跟櫃檯解釋狀況。」

「不，我是說我沒有衣服。」

「為什麼沒有啊啊啊啊啊——————!?!?太奇怪了，妳這樣算什麼女孩子！」

「因為洗衣服很麻煩。」

「妳這根本超越邋遢的範疇啦!?什麼纖細啊!?明明是妳比較像大猩猩好不好！那我送妳一件洋裝當作賠償，妳給我好好穿上衣服！」

「不用了。竟然讓妳用洋裝賠償這種破圍裙，好像我很貪心一樣，很丟臉。」

「妳應該因為其他理由感到丟臉好不好！那理由還多得跟山一樣高！而且妳穿成那副德行，根本沒辦法上場比賽吧！會引發嚴重的播報失誤啊！」

「沒問題，只是肩帶稍微斷掉而已，只要綁起來、緊急修補一下，應該還能穿。」

莎拉說完，將斷掉的肩帶重新綁在一起，再次套上圍裙。但是她的綁法實在相當隨便。

「……妳看。」

接著她不知為何，在史黛菈面前露出了得意的表情。

史黛菈的頭瞬間激烈刺痛了起來。

（不、不行啊……！這個女人完全搞錯重點了…………！）

問題根本不在於那件破圍裙還能不能穿。

重點在於她的服裝會因為一點小動作就引發播報失誤。

這個女人完全不明白這點。

她可能會直接穿著這條破爛圍裙和一輝比賽。

而她要是在比賽中做出了激烈運動？

那條圍裙只是隨手做了點臨時修補，當然不可能撐得住。

她肯定會走光。

只是這樣倒還沒什麼。

就算這個女人的醜態轉播到全國各地，那也跟史黛菈無關。

但是萬一、要是真的有個萬一，一輝因為莎拉在比賽中走光，劍法有任何失誤，而這個失誤最終左右了戰況……因而導致一輝敗北——

（我絕對不允許一輝落得這種愚蠢的下場啊!?）

別開玩笑了。

一輝原本就因為自己，間接讓他的第三輪比賽處於下風。

不能讓比賽繼續增加更多危險要素。

所以——

「我決定了……我現在就和一輝一起去拿運動服給妳穿，妳就穿著運動服去百貨公司吧。」

「百貨公司？我和妳嗎？」

「我還會帶一個懂得打扮的朋友，我們一起去百貨公司買妳的衣服。」

「？？？為什麼？圍裙已經修好了，不需要——」

咻！某種龐大的物體伴隨著非比尋常的破風聲，瞬間擦過莎拉耳邊，同時刺進走廊的牆壁。

那是〈妃龍罪劍〉。

莎拉目睹這突如其來的殺意，嚇得僵在原地。

史黛菈則是對她**展現最優雅的笑容**：

「妳要是穿著那條破布，會有很多東西跳出來呢～哎呀，我都已經拜託到這個地步了，如果妳無論如何一──定要以那身亂來的打扮踏上戰圈和一輝比賽……我可以幫妳把皮膚和圍裙燒黏在一起，這樣就不會因為圍裙脫落導致播報失誤了呢。妳覺得這樣比較好嗎？」

史黛菈的眼中沒有半點笑意，這麼說道。

莎拉發不出半點悲鳴，只能拚了命地猛搖頭。

「很好，乖乖在這邊等我喔。人家的笑容很可愛，所以妳可能看不出來，我現在心情差到極點了。妳要是逃走的話，我不知道我會對妳做什麼喔？明白嗎？」

點頭點頭點頭！

莎拉臉色發青，點頭如搗蒜。

一旁的一輝則是因為史黛菈的魄力，冷汗直流。史黛菈確認過她的回應後，便和一輝一起離開了醫務室。

破軍學園壁報

角色介紹精選　　文編・日下部加加美

IKADSUCHI SAIJO

碎城雷

■PROFILE

隸屬：破軍學園二年二班

伐刀者等級：C

伐刀絕技：蓄銳之斧（Crescendo Axe）

稱號：破城艦（Destroyer）

人物簡介：學生會書記

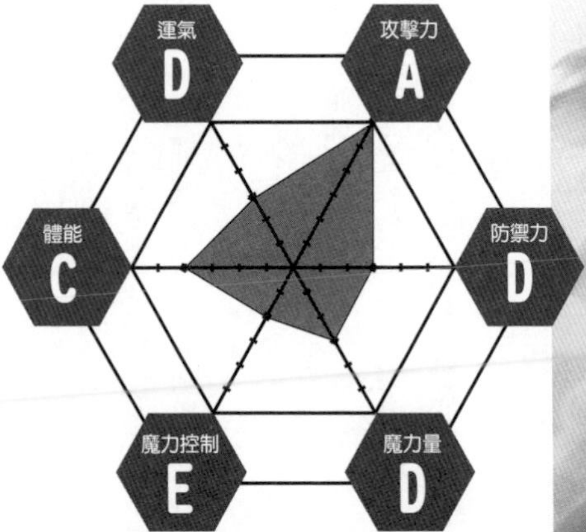

加加美鑑定！

碎城前輩是破軍學園校內排行第四名。他的能力為「斬擊重量的累加」，只要不斷揮動靈裝 — 斬馬刀，斬擊的威力就會持續增加，簡單明瞭，也非常容易使用。缺點則是能力的應用範圍過於狹窄了呢。

第九章
戰士們略微喧囂的中場休息

之後，一輝與史黛菈兩個人一起去史黛菈的房間拿衣服。

接著兩人再度回到灣岸巨蛋。莎拉還在醫務室等著，而一輝在回史黛菈的房間途中，聯絡了有栖院。於是兩人分開，史黛菈走向醫務室，一輝則是前往集合地點。

集合地點在灣岸巨蛋的三號出口。

有栖院正坐在噴水池前的長椅上。他見到一輝抵達，便朝他招了招手。

「一輝，這裡這裡。」

一輝聞言，便小跑步地奔向他身邊。

珠雫則是坐在有栖院身旁，彷彿一尊優雅小巧的洋娃娃。

「抱歉，艾莉絲，突然找你出來。珠雫也來啦？」

「只要是哥哥要去的地方，不管是火海中還是澡堂裡，珠雫都會隨您去的。」

「拜託不要。」

「呵呵呵，開玩笑的。珠雫若要真的隨您前往火海，您也會有點困擾吧。」

「我才不是因為這個而困擾……不過珠雫真的要來嗎？妳今天還有比賽，應該要保存體力啊。」

畢竟晚上就要舉行第三輪比賽。

而與珠雫爭奪D區優勝的對手，正是曉學園成員之一，至今連續兩場不戰而勝的〈厄運(Bad Luck)〉——紫乃宮天音。

他的能力——〈女神過剩之恩寵(Nameless Glory)〉屬於因果干涉系，能讓一切的因果順從他的心意運轉，本領深不可測，是個令人毛骨悚然的對手。

一輝身為珠雫的兄長，當然會有所不安。

珠雫卻是嫣然一笑，回應著兄長的擔憂。

「哥哥，沒問題的。珠雫還藏著一手妙計呢。」

「妳之前好像也是這麼說，不過妳並沒有具體告訴我。」

「是啊。畢竟事關勝負，沒辦法和哥哥說得太詳細，不過哥哥不需要掛念我的比賽。而且……哥哥也和我一樣，晚上還有比賽，對手還是曉學園的那名暴露狂，您現在卻要和她一起去百貨公司，還希望我們一起去，究竟是發生了什麼事呢？」

「事情是這樣的……」

一輝對滿臉疑惑的珠雫大致說明了目前為止的事情經過。

首先是史黛菈扯破了莎拉的圍裙。

而莎拉打算穿著那件破圍裙上場比賽。

史黛菈看不下去，最後決定半是威脅地帶她去百貨公司。

「的確……史黛菈同學這次意外地細心嘛。」

一輝雖然覺得那句「意外地」很多餘，但他還是忽略不提，直接點了點頭。

「說真的，她要是真的穿成那樣和我戰鬥……我也很難出手。所以史黛菈的提議幫了我大忙了。」

一輝無意因為她分散注意力……

但即使他沒這個打算……他也沒自信自己不會因此精神渙散。

一輝也是年輕男性，這是免不了的生理現象。

「原來如此，所以你才叫人家來啊。」

「嗯。艾莉絲很擅長幫人打扮吧？所以我希望你能讓莎拉同學體會打扮的樂趣，至少讓她穿上最低限度的衣服就好。」

艾莉絲在化妝、穿搭上的技巧之精湛，透過珠雫就能看得出來。

只要他拿出真本事，讓莎拉看看自己打扮後的模樣，她可能就會想好好穿衣服了。

而只要她有那個意思，或許就不會在大眾面前裸著上半身。

史黛菈是這麼認為的。

一輝也大致上同意她的想法。

莎拉的心裡似乎打從一開始就不存在羞恥心。

她身上穿著圍裙防止顏料沾染，算是勉強以最低限度的布面遮住身體。但如果是她沒有畫圖的時候，恐怕會連圍裙都不穿就出來逛大街。

一輝不懂她為何會是這個樣子。

或許是因為她擁有那般天賦異稟的畫技，所以腦中的構造和正常人有差異。

總之她的腦中原本就不存在「**因為覺得羞恥，所以要穿衣服**」的概念。

既然如此……只能提起她對穿衣服的興趣了。

必須讓她喜歡上打扮。

「艾莉絲原本是曉的成員，你或許會覺得有點彆扭。可以麻煩你嗎？」

一輝顧慮有栖院的想法，面帶歉疚地拜託他。

有栖院則是露出爽朗的笑容，答應了一輝。

「沒關係。人家雖然是原曉學園成員，曾經是她們的夥伴，但人家並沒有直接和她們打過照面呢。」

有栖院直接接觸過的只有〈小丑〉平賀玲泉，以及原本該以曉學園教師身分前來的〈獨腕劍聖〉──華倫斯坦。

所以他並不會尷尬。

「而且……人家也覺得很有幹勁呢。那女孩只是因為不健康、生活邋遢才導致現在的慘狀，她其實是顆很棒的原石，稍微琢磨一下就能大放光彩。」

「聽你這麼說，我就放心了。」

「……不過那個暴露狂真是太誇張了，竟然還在糾纏哥哥。等她來，我會再給她一記飛踢。」

「她、她今天也有比賽，這麼做不太好啦……！」

一輝聽見妹妹那段危險發言，不禁冷汗直流。三人一邊閒聊，一邊等待史黛菈與莎拉抵達。

但是他們等了一陣子，依舊不見兩人。

一輝看了看學生手冊的時鐘。

時間已經超過預定集合時間的五分鐘左右。

（她們還真慢啊……）

一輝知道女性準備出門總是比較慢，但是莎拉只要套上衣服就好了。

而且他和史黛菈預想到莎拉可能有自己的偏好，還準備了四套衣服……

（她該不會是馬上就愛上打扮，所以意外花了不少時間挑衣服？）

倘若事情真是如此，那說服她就簡單多了……

正當一輝這麼思考的同時——

「啊，史黛菈他們來了呢。」

有栖院見到兩人從巨蛋的三號出口走出來，隨即站起身。

一輝與珠雫也起身迎接兩人。

不過……等到兩人逐漸靠近，一輝突然察覺異狀。

史黛菈似乎沒什麼精神。

「久、久等了…………」

聲音也毫無朝氣。

她彎腰駝背，看起來已經精疲力盡似的。

「……史、史黛菈，妳好像有點憔悴。怎麼了？」

一輝開口問道。

「都、都是因為她啊……」

史黛菈朝著莎拉的方向瞥了一眼。

莎拉穿著單薄的夾克。

只聽這段敘述，或許會覺得她的裝扮沒什麼吸引力。

不過事實卻與敘述相反。夾克的拉鍊一路開到胸前，雙峰若隱若現。

這身服裝本來應該跟性感無緣，卻因為這種半吊子的穿法，看起來更加情色。

周遭經過的路人們也紛紛偷瞄莎拉的雙峰。

「這樣不行啊。女孩子怎麼能穿得這麼丟人呢？夾克的拉鍊要拉起來呀，又不是

（魯邦三世中的）不〇子。」

有栖院見到莎拉這副德行，不禁開口抱怨，同時「嘰————」地將夾克拉鍊拉至頸部。

但他放開手的瞬間——

嘰嘰嘰嘰……

拉鍊發出有如雜訊般的聲響，展開至原本的位置。

「啊、哎呀呀……」

「胸口的部分太緊了，拉不起來。其他衣服則是鈕釦綳開，全部都不能穿了。」

「唔咕！」

莎拉的這句話，像是用指虎狠狠揍向史黛菈的橫膈膜，令她發出悶哼。

一輝見狀，這才理解她情緒低落的原因。

「我、我好像明白史黛菈為什麼會變成這個樣子了……」

「……我、我從來沒受過這種類型的屈辱…………」

這也難怪。

雙峰和史黛菈一樣傲人的女孩子並不多見。

就算是破軍學園校內……大概也只有貴德原彼方能比得上她。

「真是辛苦妳了。」

「我可能會沮喪好一陣子……」

史黛菈遭受從未體驗過的精神打擊，完全陷入疲勞狀態。她像個駝背老嫗，顫抖身軀，痛苦地抬起頭。

接著……她忽然停住不動。

史黛菈筆直注視著眼前的珠雫……

「——好了，我們趕快出發去百貨公司吧！」
她突然抬頭挺胸，語氣開朗地說道。
「史黛菈同學，妳剛剛是看了誰的哪個地方才振作起來的？」
「晚上就要比賽了，時間緊迫！我們快走吧！」
「史黛菈同學，請妳老實回答，我會給妳一個痛快的。」

◆◇◆◇◆

在灣岸巨蛋搭上公車，經過二十分鐘的車程，便會來到繁華的市區。
三間遠近馳名的龍頭百貨公司三足鼎立。這個區域在商業都市——大阪裡頭，算是商業競爭特別激烈的區域。
一輝等人抵達能夠一覽三間百貨公司的JR車站之後，在站前圓環下了車。
「「……………………」」
五人下了公車後，所有人不約而同地面露疲憊。
他們明明不是走路來的。
而他們精疲力盡的原因——
『黑鐵！人家明年絕對會去念破軍的！你要記得我喔！』
『史黛菈姊姊，謝謝妳幫我簽名！我會珍藏一輩子的！』

『珠雫——！再看過來一下！對、用那種鄙視的眼神看我！』

『大家要加油喔！我會為你們加油的！』

正是一群中學生。她們打開公車所有的車窗，探出身體使勁揮手。

『各位乘客，請別將頭伸出公車窗戶啊！』

少女們無視司機的哀號繼續揮手，眼中閃爍著憧憬。

沒錯。五人搭公車時，正好碰上了一群中學生，她們似乎是因為社團活動正在進行團體移動。她們單方面地憧憬，蜂擁而上，又是要求簽名又是要求握手，將五人擠成一團。

他們目送公車離去時，臉上的笑容也不免抽搐。

「我真是……太大意了。」

一輝這麼嘆道。史黛菈則是用手指整理頭髮，一邊點頭：

「平、平常根本不會這麼纏人……今天特別誇張啊。」

「人太擠……我暈車了……好不舒服……」

「妳還好嗎？」

珠雫臉色發青，莎拉則是輕拍珠雫的背部。

平常要是一輝或有栖院以外的人出手安撫珠雫，她一定會逞強。不過——

「唔、謝謝妳……嗚唔……」

珠雫原本就厭惡人群，嚮往與讚賞這樣如雨一般落在她身上，她已經累得連逞強的餘力都沒了。

「平常那些行人多少會顧慮到我們的私人時間，不過現在大家都進入狂歡模式了呢……更何況，七星劍武祭前八強裡有四個人聚在這裡，我們應該事先料想到這個狀況呀。」

所有人一起點頭同意有栖院。

不過，他們後悔得太晚了——

咚咚咚咚……

宛如地鳴的聲響敲打著五人的耳膜。

所有人心想：「發生什麼事？」抬起頭來——

「「咦？」」

『喂——這裡、在這裡！他們在公車站前面啊！』

『呀啊——！就和推特上的情報一樣，真的是一輝本人啊！』

『要趕快分享給大家！』

『史黛菈殿下——！請跟我握手！』

一輝等人正要前往的那間百貨公司裡，湧出了名副其實的「人潮」，正朝向公車站前的五人蜂擁而去。

或許是和他們同乘一班車的某個乘客……或是所有人將一輝等人的訊息散布在網路上。

「資訊社會真恐怖呀。」

「艾莉絲，現在不是遙望遠方逃避現實的時候啦！要是不趕快想辦法解決這個狀況，會有人受傷的！」

「的、的確，聚集這麼多人，若是有人摔倒，恐怕會引發悲劇呢。」

「哥哥，可是我們該怎麼讓他們冷靜下來……」

『奶子！皇女殿下的奶子！我們人這麼多，一定能成功！』

『要來趁亂偷摸！』

『將準心瞄準兩側目標，按、按按按下按鈕！按下中間的按鈕！』

『珠雫大小姐！請用您那小巧玲瓏的腳踐踏我吧——！』

「「總之先宰了他們。」」

「妳們兩個先冷靜點！我明白妳們的心情，不過妳們要是出手，絕對會慘遭退學啊！」

一輝安撫著渾身散發殺氣的兩人，同時提出一個提案。

「總之我們現在先逃走吧！要是被那群人抓到，不要說買東西了，恐怕等到比賽開始也回不去啊！」

不過——

「現在要跑可能太晚了。」

一行人聽莎拉一說，回頭看去。只見人群為了近距離觀察全國前八強選手，紛紛從五人身後的車站內竄出。所有人手持手機，直奔五人而來。

也就是說，他們前後左右都被人群包圍住了。

「看這個樣子，就算想稍微甩開人群，也完全甩不掉呢。」

「沒辦法了呢。」

「是啊。我其實不想動粗，但實在沒辦法。」

「妳們兩個的表情不是『沒辦法』，根本殺氣騰騰啊!?」

（怎麼辦？這樣下去真的會鬧出流血事件……）

不過一輝也想不出好的替代方案。

依眼前激動的人群來看，他們不可能好好聽自己說話。

該怎麼做？

正當一輝進退兩難之時——

「……只要讓那群人看不見我們就行了。」

莎拉這麼說完，取出自己的靈裝——〈德米奧格之筆〉與調色盤。

「妳是說——」

一輝還沒問完話，莎拉便猶如神速地結束了一切。

她將調色盤上的顏料混合成灰色後——

「〈色彩魔法（Color Of Magic）〉——道旁之岩灰（Stone gray）。」

將顏料塗在自己的手背上。

剎那之間，一輝等人頓時發覺他們無法**聚焦**在莎拉身上。

〈色彩魔法〉——這個伐刀絕技能夠操縱與色彩相關的所有概念。

而這岩灰色便是其中之一。

塗上這道色彩的人就宛如路旁的石子，**旁人難以意識到他的存在**。

一輝等人身為騎士，平時就在鍛鍊自己的集中力。若非如此，恐怕連他們都無法感受到莎拉的存在。

……莎拉並沒有開口解說自己使用的伐刀絕技。在場所有人是依照自己的感覺，理解這項技術的效果。他們同時也明白，自己該如何應對這個場面。

「原來如此，只要用魔法讓他們看不見自己就好了。我從來沒這麼使用過魔法，所以完全沒想到呢。」

「……既然還有其他方法，那就沒辦法了。」

史黛菈和珠雫有些遺憾地低語道，接著兩人閉上雙眼：

「〈陽炎暗幕（Flame veil）〉。」

「〈水色幻夢〉。」

咒語出口的瞬間，兩人展開了能夠使光線折射的薄膜。史黛菈使用的是熱能，而珠雫則是利用水分。

只讓人群無法辨識她們的身影。

兩人的魔力控制都相當優秀，才能如此善用自己的能力。

「她們三個人果然很厲害呢。那一輝就讓人家用能力幫你**淡化影子**好了。」

有栖院說完，便顯現出自己的靈裝——〈暗黑隱者（Darkness Hermit）〉。

他的能力是操縱「影子」的概念。

這項能力能夠名副其實地**淡化影子**，使對方暫時隱形在人群之中。

伐刀者原本是禁止在公共場所使用能力。不過再這樣下去，恐怕會引發大災難。

一輝理解現在的狀況，所以他也對眾人的舉動睜一隻眼閉一隻眼。不過——

「不，沒關係。」

一輝婉拒了有栖院的協助。

「哎呀？可是一輝的魔法應該沒辦法做到同樣的效果吧？」

「只有魔法的話，的確是如此。不過對象是一般民眾，**只靠體術就能充分應付他們**了。」

一輝答道，接著一輝將注意力轉向蜂擁而至的人潮，仔細觀察所有人的視線。

接著他從所有人的意識隙縫之中，找出那有如絲線一般細小的死角，漫步在其中。

古流步法〈抽足〉——一輝將這項技術用在足以塞滿視野的人群身上。

一輝穿梭在人潮之間，沒有一個人注意到他。

一輝輕易看穿眾多路人的意識死角，並且精準無比地步行在死角之中。如此精湛的眼力與體術，簡直令有栖院嘆為觀止。

「哎呀呀，你的隱形連殺手都要甘拜下風了。一輝，你總是能讓人家吃驚呢。」

有栖院讚嘆著黑鐵一輝高深莫測的技術，同時跟隨在四人之後。

他將一柄〈暗黑隱者〉溶進自己的影子中……瞬間淡化了影子。

人潮依舊朝著一輝聚集而來。而就在這一刻，五人的身影頓時消失在所有人的意識之中。

『咦、咦!?不見了!?他們消失了!?』

『等等!怎麼回事啊!?一輝不見了啊!』

『奇怪?他們剛剛還在這裡的呀?怎麼會這樣?』

人群見到五人彷彿煙霧一般消失在空氣中，頓時一陣譁然。

眾人的狂熱失去了目標，無處發洩，在原地不明所以地停滯了片刻，不久便煙消雲散。

看來是不會有人受傷了。

一輝等人確認了狀況後，直接從**正中間**穿越了數百人以上的人群，進到百貨公司裡頭。

◆◇◆◇◆

五人走進最近的百貨公司後，搭乘手扶梯前往六樓的女裝賣場。

而這層賣場正好在舉辦「夏季女裝展售會」，因此暫時將整個樓層的隔間拆掉。

「喔？裡面的店家還挺多的嘛。」

「展售會期間似乎也有國外的品牌來參展，只有這段期間才有的樣子。」

史黛菈述說自己的感想。珠雫則是看著剛才在樓層入口拿到的傳單，一邊補充。

七星劍武祭時期帶來的人潮，遠遠超過平時。

此時不拚，更待何時？

從某方面來說，店家會拿出氣魄，利用整層樓來舉辦特展，也算是理所當然的。

「既然有這麼多形形色色的衣服，總會找到妳喜歡的衣服吧！妳趕快去逛吧！」

不過莎拉聽完史黛菈的命令，臉上卻沒什麼幹勁。

於是她隨手從旁抓起一塊布料。

「……那我穿這個就好了。」

「哦？妳已經決定好了嗎？等等、這是絲質睡衣！是睡覺穿的衣服啊！」

「能穿就沒問題。」

「問題可大了！這件睡衣根本是透明的耶！以妳的身材要是穿上這種衣服，根本要打上馬賽克啦！不要隨便選，好好挑！」

「……唔、那這個。」

「哪件？這次連布料都不是啊！這是皮帶！只是一條皮帶啊！」

「捲在胸部上就遮得住了。」

「那樣妳看起來根本是有特殊性癖吧！去選布料啦、布料！」

「我知道了，我會仔細看好再挑……………挑好了。」

「結果還是圍裙嘛!?妳身上是被人下了什麼詛咒，一定要穿裸體圍裙是不是!?」

「圍裙好穿又好脫，而且很涼快。以常理思考，圍裙就是最佳的選擇。」

「……這種感覺，簡直像是嫁了一個對食物不感興趣的老公啊……」

史黛菈抱頭苦思。有栖院站在她身旁，手撐著下顎，苦惱地呻吟。

「她的狀況比人家想像的還要嚴重呢。」

莎拉只是因為某種若有似無的義務，才會穿上衣服。

要讓這樣的她喜歡上打扮，實在相當困難。

不過……

「你有辦法對付她嗎？」

「就交給人家吧。」

有栖院還有一個辦法。

既然她缺少打扮的動機，那就賦予她動機。

「莉莉，妳為什麼那麼不想打扮呢？」

「……我又不想讓別人喜歡上自己，沒必要打扮。」

「可是妳希望一輝成為妳的裸體模特兒，想畫他的畫，對吧？」

「那又如何？」

「這件事應該能成為妳打扮自己的動機呢。」

「？」

莎拉頭上冒著問號。有栖院則是一臉邪惡地湊近她耳邊：

「妳只要打扮得漂漂亮亮的，變得可愛一點……讓一輝移情別戀就行了。」

「等、艾、艾莉絲!?」

「你、你你你、你在說什麼啊！」

一輝和史黛菈隱約聽見有栖院的危險發言，頓時臉色大變。

這位好友明知道兩人是情侶，卻打算讓他們反目。

他們會有這種反應也很正常。

而莎拉知道兩人的關係，她也表現出同樣反應。

「……我辦不到。〈無冕劍王〉已經有女友，也就是〈紅蓮皇女〉，他不可能會愛上我的。」

她聽了有栖院的建議，面有難色。不過──

「呵呵呵，才沒這回事呢。男人可是一種嘴巴上說著『愛妳一輩子』，私底下卻能輕易出軌的生物呢。莉莉是一位小有名氣的畫家，妳應該也很清楚吧？連神明都(宙斯)

是那種程度，更別說一輝，他只是區區一個凡人，妳怎麼能肯定他一定不會出軌？更何況，這個國家還有一句誇張到不行的俗語，叫做『出軌是男人有本事的證據』呢。」

「……真的嗎？」

「當然是。妳想想……只要妳努力變得漂亮，爬上一輝的床把他搶過來之後，隨便妳愛畫幾張就畫幾張，對不對？」

「…………」

有栖院彷彿是那條唆使夏娃的蛇，緩緩誘導莎拉觸碰禁忌。

史黛菈終於忍無可忍，強行闖進兩人之間。

「艾、艾莉絲！不要隨便教唆莎拉去做奇怪的事！還有莎拉也不要一臉『稍微努力看看好了』的表情啦！一輝是我的男朋友耶!?什、什麼爬上床！絕對不能做這麼不道德的事啦！」

有栖院則是露出略帶挑釁的笑容，望著突然介入的史黛菈。

「哎呀哎呀哎呀～？這段發言一點也不像史黛菈會說的話呢。」

「什、什麼意思啊？」

「妳以為你們交往之後，妳就是贏家了嗎？我還以為史黛菈會這麼說：『我會以魅力緊緊抓住一輝的心，妳們搶得到就儘管來搶啊。』」

「唔……！」

史黛菈面對有栖院的挑釁發言，顯得有些動搖。

珠雫直到方才都在觀望，此時卻看準時機，有如藤蔓一般地纏上一輝的手臂，趁機給史黛菈補上一腳。

「唉，安於現狀的女人真是難看呢。雌性理當追求更加優秀的雄性，雄性也會追求更加有魅力的雌性。這和弱肉強食一樣，是大自然的法則。所謂的道德，不過是人類擅自創造出來的觀念罷了。妳竟然會抓著這個觀念不放，真是無聊透頂。哥哥……女人就是會像這樣逐漸沉淪，您最好趁現在認清這點。這個女人再過不久，就會墮落成性。她會在丈夫辛苦工作的時候，不做家事，懶躺在沙發上看著午間劇場，然後把存款全部浪費在外匯投資上。當然，珠雫絕對不會變成這種女人的。」

「唔唔…………！」

「哎、哎呀，艾莉絲還有珠雫，你們不要一直玩弄史黛菈。」

一輝看不下去，主動介入調停。

說到底，只要一輝自己沒那個意思，根本不會有外遇這回事。

而一輝也有自信，自己絕對不會出軌。

當然了。眼前這名少女如此完美，配自己還算是浪費了，自己怎麼會對她心生不滿？

所以一輝打算將想法化作言語，開口說道：

「史黛菈也不要把他們的話當真，我的心意絕對不會——」

「等等，一輝。」

「唔咕!?」

史黛菈以手掌物理性地封住一輝的話語。

史黛菈堵住一輝的嘴，這麼說道：

「……他們兩個說得沒錯，是我錯了。」

「史、史黛菈？」

「我知道一輝現在想說什麼。不過一輝現在是自願這麼說，如果我之後強迫你開口承諾，那就完全是兩回事了。」

史黛菈暗自警惕自己。

因為兩人已經交往，她就以為自己是贏家嗎？

就是這麼一回事。

……最近自己的確太過仰賴兩人之間已成定局的戀人關係。

（而且話又說回來，我根本沒資格驅散聚集在一輝身邊的女孩子。）

這是當然的。

黑鐵一輝可是史黛菈・法米利昂愛上的男人。

他就是如此富有魅力。

從某方面來說，只要對方真正認識他、接觸過他的溫柔，當然會對他產生好感。

……而自己要是橫眉豎目地嚷嚷著：「因為我是他的女友！」，對每個接觸一輝的女性大吵大鬧，看起來未免太過醜陋，一點也不迷人。

（我要是只因為我們之間有著山盟海誓，就開始鬆懈，那就完蛋了……！）

要想維持自己與心愛之人的羈絆，不應該只依靠誓言，而是仰賴雙方的心靈。

為了讓自己持續深愛著對方，為了讓對方能一直深愛著自己。

自己必須為此盡心盡力，才能坦率地接受一輝的話語——！

「好！莎拉．布拉德莉莉！既然妳有那個意思，就隨便妳吧！我不會阻止妳，但也不會讓妳有機可乘！一輝的心是只屬於我——史黛菈．法米利昂一個人的！」

史黛菈猛地指向莎拉，高聲宣戰後，立刻脫離團體，獨自走向展售會，彷彿一秒都不想浪費。

她應該是不想輸給有栖院幫忙大改造後的莎拉，打算自己好好裝扮一番。

「機會難得，我也想打扮一下。那麼哥哥，稍後見了。」

珠雫也跟在史黛菈身後，獨自離開了。

而罪魁禍首——有栖院一邊目送兩人離開，一邊有如鶯啼般地輕笑出聲。

「呵呵呵，一輝真受歡迎呢。」

有栖院這麼說完，朝著一輝拋媚眼。他眼前的一輝則是氣得橫眉怒目。

「……艾～莉～絲～！」

「虧你的臉長得那麼可愛，別露出那副恐怖的表情嘛。」

「你要我怎麼不生氣？你明知道史黛菈就是性格倔強，不要故意激她啦。」

「沒辦法嘛。說到要讓莉莉有打扮的動力，我只想到這個動機。而且人家剛才說的全都是真心話喔。一輝應該也不想只靠幾句誓言去束縛史黛菈吧？」

「…………話是這麼說沒錯啦。」

有栖院這麼一說，一輝也很難繼續抱怨。

他自己也不打算以兩人的誓言束縛史黛菈。

「那人家要和莉莉一起逛逛，你也要跟來嗎？」

「……不了，不知何時連珠雫也跑得不見蹤影。我自己也有想買的東西，我就去那附近轉轉吧。」

「這樣啊。那就約兩個小時之後在這裡會合好了，人家會傳簡訊通知大家。」

◆◇◆◇◆

展售會的商品種類相當豐富，由此可看出商家是拿出全力拚業績。

從休閒服飾到正裝禮服，最後甚至還展示了近似於民俗服裝的衣物。

商家使用了百貨公司整整三個樓層，來陳列跨及古今中外、形形色色的女裝。

而這個夏季的流行服飾，以及各品牌推出的主力商品，則是使用櫥窗假人擺設，在各式服裝之中顯得特別顯眼。

色澤淡雅的乳白色洋裝。

清爽的條紋喇叭裙。

光是看著這些衣服，心情就相當雀躍。

不過——

「雖然這些衣服都很可愛……」

但她想挑的不是這些衣服。

史黛菈心想，這些衣服穿起來印象都太弱了。

畢竟她的對手還有有栖院幫忙。

他曾經全力幫珠雫搭配服裝，當時珠雫的可愛程度至少增加三成。

再加上莎拉不曾注意服裝穿搭，她在這方面的潛能恐怕遠比珠雫還高。

史黛菈如果選擇這些主流……說得難聽點就是隨處可見的搭配，她自己難免有些不安。

…………但要是選項太特立獨行，可能會更危險……

「哦？」

史黛菈煩惱不已，但此時展售會的一角卻吸住了她的目光。

她凝視著那個區塊。區塊立著旗幟，上頭寫著：「涼爽！夏季浴衣展售會！（提供試穿）」

那是專門販售和服的櫃位。

「這個可能不錯！」

這個選擇雖然算是主流，卻充滿著驚喜。

現在也差不多是穿浴衣的季節，而且莎拉在這之後就要上場比賽，應該會選擇便於行動的服裝，所以她不用擔心和莎拉撞衫。

再加上自己沒有和服，趁這個機會買一件也不錯。

史黛菈心意已決，便走進專櫃裡。

店裡的商品都繪著美麗的花紋，凸顯自己的存在感。史黛菈興沖沖地看過一件件商品，最後從中挑了一件。

那是以紅白做為基底的浴衣，色澤和自己的髮色非常相襯。

她拿起那件浴衣，解開了〈陽炎暗幕〉。

接著走向店員。

「不好意思，我想試穿這件浴衣。」

「歡迎光臨。您要試穿是嗎？這邊請……!?」

負責接待的中年女子頓時僵住了臉。

她看清楚來者的樣貌後，才發覺是一位大人物叫住了自己。

「您、您您您、您該不會是、法米利昂的史黛菈公主!?您、您為什麼會在這裡!?」

「我剛剛說了……那個、我想試穿這件浴衣。」

「啊、啊啊！沒錯！就是這麼回事！我們店裡本來就會提供試穿嘛！我吃驚過頭，不小心忘了這回事！那、那麼請您稍等！我馬上準備茶點！齋藤！現在馬上去一樓買茶葉和茶點來！要買最貴的！」

「不、不用麻煩了！不需要準備茶點，只要讓我試穿浴衣就夠了！」

史黛菈見中年女子從口袋取出錢包，命令一旁的店員去買茶葉和茶點，趕緊上前制止她。

「今天我是和朋友一起來的，沒辦法待太久。非常謝謝妳的好意。」

「這、這真是失禮了。敝店並沒有接待過外國貴賓，所、所以有些興奮過頭了……哈哈哈。」

「我現在只是一介學生，不需要特地招待我。」

「我明白了。這裡是試衣間，麻煩您在裡頭稍待片刻，我馬上就來為您試穿。」

店員領著史黛菈來到和服專櫃的中央。中心處以隔牆隔出了一塊空間。

從外觀來看，大約是六坪大小。

史黛菈穿過門簾遮住的入口，進到試衣間內。

緊接著，她見到某個熟悉的背影。

「這不是珠雫嗎？妳為什麼會在這裡？」

珠雫早在史黛菈之前，就待在試衣間裡了。

「我待在這裡除了試穿以外，還會有其他原因嗎？難得史黛菈同學親口允許我們盡情誘惑哥哥……我就想在哥哥面前，久違地展現一下我穿浴衣的模樣呢。」

「唔唔……」

珠雫的答案正如史黛菈所料，史黛菈不禁皺起了臉。

她好不容易才想到這個選項，心想這樣就不會和莎拉撞衫，沒想到卻和另一個對手撞上了。

不過史黛菈現在心裡只有和服，所以她不會退讓。

「我不記得妳有客氣過……哼，隨便妳愛怎麼誘惑就怎麼誘惑。反正我只要緊緊抓住一輝的心，就不會讓妳們有機可乘。」

珠雫聽見史黛菈強硬的口吻，則是浮現若有深意的微笑。

「嘻……妳還真天真呢。」

「唔？什麼意思啊？」

「妳竟敢和我一樣選浴衣啊。妳確定嗎？妳完全沒有勝算喔？」

「不、不穿穿看怎麼會知道！」

「嘻嘻，說得也是。**穿了妳就懂了**。」

（什、什麼嘛！珠雫一副自信滿滿的樣子……）

史黛菈深知珠雫不服輸的性格。

但是她的態度與其說是不服輸，似乎又帶著點肯定。

（我也不能輸給她！）

珠雫的態度讓史黛菈心中閃過一抹不安，但她還是讓剛才的女店員幫她穿上浴衣。

在這個拚業績的重大關頭上任的店員，果然有一套。她沒花多少時間，就順利地幫史黛菈穿完浴衣。

「好了，完成了。史黛菈殿下，您覺得如何呢？」

「哇啊～！」

史黛菈確認自己裝扮完的模樣，感動地讚嘆道。

腳下換成高度稍低的木屐，手上拿著小小的束口袋。

腰帶則是比薊還要深的紅色，綁成了大大的蝴蝶結。

「像是金魚一樣，好可愛……」

她輕輕轉了一圈，大蝴蝶結便彷彿金魚的尾鰭一般，翩翩起舞。

史黛菈非常喜歡蝴蝶結起舞的模樣。

她要是穿著這身衣服漫步在祭典之中，一定相當顯眼。

然而就在此時——

「哦？史黛菈同學，看起來還挺適合妳的嘛。」

珠雫讚美了史黛菈。她幾乎是和史黛菈同時裝扮完成。

珠雫的服裝也是浴衣，和史黛菈一樣。

靛青色的布面上，繪有純白菖蒲以及水面的波紋。

整體色調寂靜沉穩，和史黛菈鮮豔的裝束相互對比。

而珠雫稀薄的膚色與髮色和身上的色調產生了相乘效果，顯得更加潔白清澈。

……或許正因為如此——

「…………？」

（呃、咦？總覺得……）

史黛菈見到珠雫的模樣，心中的不安更加壯大。

她急忙再次檢查自己的裝扮。

她感受到了異狀。雖然原因模糊不清，但是她確實感受到了。

（……和珠雫一比……我好像看起來不太適合浴衣……）

「呵呵，史黛菈同學，看來妳自己也察覺了呢。」

「什……！妳在說什麼呢？我聽不懂。」

史黛菈的想法被珠雫猜個正著，急忙蒙混過去。不過她的反應早在珠雫的預料之中。

「妳不用裝傻了。妳是不是覺得和我一比，自己好像就沒那麼適合浴衣呢？」

「才、才沒這回事！絕對是我穿起來比較可愛！」

「是這樣嗎？那我們就這樣一起回去找哥哥吧。」

「唔……」

這樣不行。

她不想懷抱著這樣的不安，出現在一輝面前。

不過，為什麼珠雫穿起浴衣的模樣，會比自己還要適合？

史黛菈站在穿衣鏡前擺出各種姿勢，從各種角度觀察自己的模樣，依舊找不出原因。

於是史黛菈詢問幫忙著衣的女店員：

「那個，店員小姐，妳覺得我和珠雫哪一個人比較適合浴衣呢？」

「呃、這個……」

站在店員的立場，這個疑問實在令她困擾。

女店員彷彿在敷衍史黛菈似的，含糊地笑了一笑。

「我覺得兩位客人的裝扮都完美凸顯出自己的性格與特色，非常適合兩位。」

她的答案全是發自內心的真心話。

史黛菈的外貌原本就如同一塊美玉。

所以大部分的衣裝套在她身上，都相當合適。

不過女店員察覺了一點：

「不過那邊那位客人似乎很習慣穿著和服呢。」

「習慣……」

「就是這麼回事。」

珠雫肯定了店員的發言。

「我個人比較偏好洋裝（dress），所以普通場合都是身著洋裝。但我可是出身自正統武家的女人，我自小就有不少機會穿著和服，例如家中的正式場合等等。而同時，我也接受過穿著和服時的禮儀訓練。比如說走路的時候，我並不會像史黛菈同學一樣弄亂衣襬，我的視線也不會直視眼前的人。」

「……！」

珠雫的手指猛地指向史黛菈身上的某處。

史黛菈瞧了瞧自己浴衣的衣襬。她在穿衣鏡前一個勁地擺動身軀，所以衣襬確實顯得有些凌亂。

「與人對話時必須抬頭挺胸，但不直視對方，而是略為保留地望著對方。雙手的位置絕不超出雙肩的範圍，在身前合攏。這些雖然都是小地方，但是累積起來就能改變一個人整體的印象。和服和洋裝不同，和服追求的不是華麗，而是隱藏在深處的和諧之美——也就是說，妳的言行舉止都不夠拘謹！」

「啊嗚！」

沒錯。和服文化本來就是配合日本人的文化與體型發展出來的。

所以在和服這種服裝上，珠雫可說是占盡了主場優勢；史黛菈則是如同客場球隊般不利。

兩人之間的儀態自然會產生優劣之分。

因此不難想像，兩人的每一個動作，都會漸漸如實展現出兩人的差異。

積年累月的訓練，會隱藏在每個姿勢中的細微角度，以及每一個下意識的行為之中。

這些舉止不可能在短時間模仿成功。

史黛菈也受過穿著禮服、餐桌禮儀等等的訓練，她相當清楚這一點。

「……的確，這個裝扮根本行不通。」

「沒這回事！史黛菈殿下也相當適合穿浴衣的！」

「……謝謝妳。不過…………」

如果有一點「瑕疵」，就行不通。

她一定要贏。

因為她在這場勝負中，賭上了女人──以及身為一輝女友的自尊。

更別說在珠雫之後，還有莎拉在等著。她可是有栖院幫忙裝扮。

史黛菈怎麼能在這裡輸給珠雫？

看來還是放棄和服好了。

可是還有別的選項嗎？

史黛菈煩惱不已。此時──

「如果妳願意的話，不如讓我來協助妳搭配服裝吧？」

珠雫舉止嬌媚，落落大方。她緩緩地走近史黛菈身邊，在史黛菈耳邊悄聲低語道。

「妳嗎？」

「對方有艾莉絲協助，我出手幫妳一把也不會有問題的。」

不過史黛菈聽了珠雫的提案，卻多疑地回望著她。

「……滿嘴謊話，妳怎麼可能會幫我啊？反正妳一定又是滿肚子壞水，我才不會上妳的當。」

兩人之間可說是最標準的惡劣姑嫂關係，史黛菈理當會有這種反應。

珠雫聞言，卻是露出有些哀傷的神情。

「我還真是備受質疑呢。也是，從史黛菈同學的角度來看，妳當然會厭惡我這個小姑。但是現在我被妳說成這樣，還是有點傷心……畢竟我其實多多少少認同了史黛菈同學啊。」

「……真的嗎？」

「是啊，不然我才不會允許妳和哥哥交往。要是其他女人纏著哥哥，我會追遍天涯海角，就算是犯法也會將對方趕盡殺絕。我就是這種女人，史黛菈同學也很清楚吧。不過，就因為對象是妳……我才第一次認同我以外的女人。正因為如此，我才無法原諒那個女人。區區一個個突然冒出來的鄉下女子，而且她的目的還是哥哥的身體。看著那隻母蒼蠅在哥哥身邊飛來飛去，實在讓我非常不悅，我更不允許我認同的女人輸給她。」

「珠雫……妳……………」

「所以，能讓我幫妳嗎——**嫂嫂**。」

珠雫緩緩握住史黛菈的手，這麼拜託道。

並且，她用了從未使用過的稱呼，呼喚著史黛菈。

這句話，令史黛菈的雙瞳開心地搖曳著。

她沒想到，這名少女竟然早就認同了自己。

史黛菈使勁回握珠雫的手掌，臉上的笑容有如百花綻放般燦爛，她這麼說道：

「抱歉！我竟然懷疑妳！讓我們一起趕走那個女人吧！」

「好的……！」

「那我現在就想聽聽珠雫的建議！我究竟該怎麼穿，看起來最可愛呢？」

「史黛菈同學，這問題太簡單了。妳那有如熊熊烈火般的紅髮，和服也無法遮掩的姣好身材……妳根本不需要過度裝飾，只要保持妳原本的模樣就相當有魅力了。」

「是、是這樣嗎……欸嘿嘿，能聽到珠雫這麼稱讚我，感覺真開心。」

「也就是說，史黛菈同學只需要活用這些與生俱來的武器。因此，最佳的選項，就是這件衣服！」

「這、這件衣服是……!?」

「現在是慶典，所以店裡陳列了各式各樣的衣服。我特地為史黛菈同學找來了這件衣服。像史黛菈同學這樣有著魔鬼身材的女性，肯定能充分活用這套衣服。然後還有一點，只要再加上一點富含野性的佐料……妳絕對能緊緊抓住哥哥的心！」

「竟然是為了我……！珠雫，謝謝妳！的確，如果是這套衣服，一定能成功！好——！我趕快來換裝！」

◆◇◆◇◆

另一方面，正當史黛菈和珠雫聯手之時。

莎拉和有栖院搭著電扶梯，走向女裝賣場下方的樓層。

途中，有栖院為了以防萬一，詢問了莎拉：

「現在時間不太夠，所以人家先確認一下。妳有什麼偏好的衣服種類或品牌嗎？還是說全部都交給人家準備就好？」

莎拉搖頭答道：

「……我不太懂這種事，麻煩你了。」

「ＯＫ。」

（……不過她今天還有比賽，最好不要挑不便行動的服裝呢。）

畢竟曉學園沒有制服，學生都是穿著便服。

他現在為莎拉挑選的服裝，她有可能直接穿上戰場。

過度裝飾的打扮，反而會縮減她的活動力。

這可不行。

對有栖院來說，曉學園雖然是他原本的歸處，但也說不上有什麼恩情在，所以曉的勝敗跟他毫無關聯。不過一輝……那名正經八百的少年並不樂見這個狀況。

不過在挑選衣服之前。

他們還有一件事非做不可。

「……在開始行動之前，得先處理妳的臉呢。」

「要整形嗎？」

「不用到那個程度呢。妳的臉本來就長得不錯，素顏上場太浪費了。所以……要先從這裡開始。」

就在兩人來回對話時，他們抵達了三樓的化妝品賣場。

乳白色的大理石。

漆黑的支柱上，處處勾勒著金色線條。

整個樓層呈現乾淨高雅的色調，同時飄揚著女用化妝品特有的甜美香氣。

「人家確認一下，妳有化過妝嗎？」

搖啊搖。

莎拉的腦袋左右擺動著。

「我想也是，畢竟妳身上實在沒有什麼時尚氣息呢……」

莎拉的頭髮亂翹，上頭還黏著顏料。雙脣乾裂。

看起來一點也不像化過妝的人。

（不過皮膚卻沒有一絲瑕疵，真是令人困惑呢。）

這應該也是個人體質問題。

真要比，史黛菈的體重比莎拉的皮膚還要謎團重重。

「那麼妳也幾乎不懂化妝或保養嘛？」

「我知道，就是把膚色的粉撲在臉上對吧？不過我自己沒做過。」

「妳說的是『底妝』吧。可是我先提醒妳，化妝不只是把粉撲在臉上就好了呢。」

「是嗎？」

「是啊，機會難得，人家就從頭開始教妳吧。要注意聽喔。」

「我知道了。」

「化妝之前最重要的步驟是『基礎保養』。臉上如果有雜質，妝會不容易附著在臉上，所以要先使用『洗面乳』洗掉皮膚的汙垢與油脂，這是必要的步驟喔。」

「原來如此……」

「接下來就輪到『化妝水』登場了。化妝水裡有很多活性成分，可以幫肌膚保溼。」

「嗯嗯……」

「擦完之後，接著是『乳液』。『乳液』裡的成分可以保持肌膚的彈性，用法和『化妝水』差不多。最後別忘記要擦上『日霜』，『日霜』就像是蓋子一樣，能將『化妝水』和『乳液』的活性成分鎖進皮膚裡。」

「…………」

「擦完『日霜』，為皮膚蓋上蓋子之後，要塗上『隔離霜』。『隔離霜』不但能讓臉部變得比較容易上妝，同時還能隔離紫外線，保護皮膚，是很重要的步驟喔。然後在這個步驟中還要按照當天的膚況使用『飾底乳』，以便調整皮膚整體的色調。如果在意皮膚泛紅，就用紫色系；想讓皮膚更亮麗，就用銀色系。到了這個步驟之後，才會輪到莉莉剛才說的『底妝』。不過莉莉對『底妝』的認知只有把粉撲到臉上，對吧？實際上『底妝』分成很多種除了『粉餅』以外還有『粉底霜』或『粉底液』要按照每個人的膚質去選擇這很重要喔目前為止的步驟如果還有遮不住的痘疤或細紋就要用『遮瑕膏』來補強最後再壓上『蜜粉』來防止『底妝』脫妝最終步驟是『打亮』和『腮紅』看化妝品是粉狀還是膏狀來決定上妝順序每個人狀況不同呢這樣一來才終於上完基礎底妝了接下來是眼妝目前為止的化妝步驟都聽懂了嗎？」

「…………………我只明白，身為女人實在非常辛苦。」

「哎呀，妳意外挺懂事的嘛。沒錯，女人為了維持每一天的美麗，必須耗費永無止境的心力呢。不過男人總是認為這不過是遮遮掩掩，完全不瞭解女人的辛苦呢。」

「……你也是男……」

「內心是少女喔。」

「……怪人。」

「人家才不想被妳這麼說呢。」

這實在是萬分遺憾。

「……我完全不覺得我能自己化好妝……………」

「哎呀，剛才人家是故意解說得很細，事實上還有一些商品，能一次完成『乳液』、『日霜』和『修飾』等等步驟，所以還是可以省點力氣的。俗話說：『熟能生巧』，總之先讓妳親自從頭體驗整個上妝過程。」

有栖院語畢，打了個響指。

緊接著，他淡化過的影子恢復原本的色調。

他解開了〈暗黑隱者〉的隱身。

就在同時──

「這位美人大哥，你要送禮物給女朋友嗎～？」

不到三秒時間，就有年輕女店員走近有栖院身旁。

在這種場所工作，銷售實績會直接影響到個人的工作評價。

因此只要客人踏進商場一步，銷售員就會如同亞馬遜的食人魚，立刻將客人團團圍住。

假如客人稍微軟弱一點，可能會被店員的氣勢牽著鼻子走，店員就會在短時間內榨光他身上的每一毛錢。

但有栖院不愧是有栖院，他早就習慣了。

他毫不畏懼地面對店員的攻勢，露出微笑，直接提出自己的要求。

「不，是那邊的女孩子想挑化妝品，人家只是陪她來而已。不過那女孩至今連化妝水都沒擦過呢。」

「至今一次都沒有嗎!?可是她看起來還是這麼美呢！」

女店員聽有栖院這麼一說，才發覺莎拉的存在，接著略為吃驚地說出自己最直率的感想。

「她這麼漂亮，不化妝真是太可惜了。」

「人家也這麼認為。不過她從來沒化過妝，所以人家完全不知道她的皮膚適合哪種化妝品呢。」

「原來如此，那麼能請您來櫃檯這邊嗎？我會提供所有化妝步驟所需的試用品給您。」

「真是幫了大忙了，謝謝妳。」

這名女店員應該對〈七星劍武祭〉不感興趣。

她見到莎拉之後，完全沒發現莎拉是選手，有栖院和她交談的過程也相當順利。

有栖院接過一袋裝滿試用品的塑膠袋，帶著莎拉離開店裡。

袋內的試用品是出自一間販售有機化妝品的廠商，所需用品一應俱全。

「這些全都可以免費拿嗎？」

莎拉瞪圓了雙眼。眼前這些試用品裝在精美的小瓶子裡，外觀完全不遜於店裡販售的商品。

「是啊。化妝品不一定適合每一個人使用，正常的廠商大多會提供試用品，有的廠商甚至還會提供退款服務呢。」

「……真大方啊。」

「畢竟視狀況，就算是這麼一小瓶化妝品，價格可能高達一萬元以上呢。有機化妝品也不是零風險，若不大方一點，客人也不願意冒著風險使用呢。」

這些化妝品試用組不愧是以女性為客群，包裝都採取外觀一致且精美的設計。有些人甚至深深愛上這些附屬品，成了「試用品愛好者」。

……這樣一來，似乎就失去試用品原本的用意了。

不過每個領域都有屬於該領域的愛好者，不需要太過在意。

「嗯，這邊是監視器的死角，應該沒問題。」

有栖院運用殺手時代鍛鍊出來的觀察力，確認監視器的位置，以及該機種能拍攝到的範圍。

他輕易看穿了攝影死角，拉著莎拉走進死角——該樓層邊緣的陰影。

緊接著——

「〈隱者之家〉(Shadow spot)。」

他將〈暗黑隱者〉的刀刃貼上百貨的牆邊，接著往下一拉。

於是乎，牆上彷彿是拉了拉鍊似的，開了一塊漆黑洞口。

「來，進去裡面吧。」

莎拉聽從有栖院的指示，踏進漆黑無光的洞口中。

穿過烏黑布幔的前方，是一間約三坪大的房間，房內色彩統一且單調。

「……這裡是？」

「總不能在他人面前幫妳上妝吧。這是藉由人家的影子能力進入世界的另一側……也就是以影子空間創造出來的藏身處。」

房內雖然沒有電源，但是能使用自來水和瓦斯，還備有存糧。

只要他想，甚至能在這裡躲上數日，相當便利。

有栖院前陣子襲擊加加美之後，也是暫時將她監禁在這間房間裡。

「妳先來這邊一下，這裡有洗手間。」

化妝之前必須先清潔臉部。

尤其是莎拉，她從未做過臉部保養，所以她不只要洗臉，還必須經過「去角質」的步驟——也就是去除臉上的老舊角質層。

於是有栖院帶著莎拉，來到〈隱者之家〉內部設置的系統浴室。

莎拉在途中突然停下腳步。

接著一臉疑惑地問道：

「……為什麼你願意幫我？」

「哎呀，見到一顆富含潛力的原石，自然會想好好琢磨一番，讓它綻放光芒。這不是人之常情嗎？」

「你不是早就背叛我們了？」

「人家的確是背叛了〈解放軍（Rebellion）〉，而且人家也不打算再次為他們效勞……不過這和協助妳本人完全是兩碼子事呢。一是一輝他們拜託人家幫妳，二是莉莉身上沒有

令人厭惡的臭味。」

「應該是因為我昨天有洗澡。」

「不、不是那個意思……等等、昨天『有』是什麼意思!?女孩子每天都應該洗澡啊!」

有栖院無奈地嘆息著,接著說下去:

「……臭味只是一種比喻而已。人家的大半人生都是在胡作非為中度過,所以人家分辨得出來。**那些和自己一樣自甘墮落的垃圾們,身上都飄散著一股臭水溝裡才有的腐臭味呢。**」

〈解放軍〉只是一個統稱,組織內的人仍舊有著各式各樣的背景。

舉例來說,有的人是像〈小丑〉一樣,積極「行惡」;有的人則是如同多多良一般,從小生長在「唯惡不作」的環境之中。

……有栖院並不認為兩者屬於同一種「惡」。

前者根本無藥可救,後者則是……出自於無可奈何。

這個世界並非人人生而平等。

有栖院出生於那座冰雪之城,並且苟延殘喘般地存活下來。他早就充分體會過這點。

所以他不會以隸屬的組織來辨別每個人。

他只會仰賴自己的嗅覺。那是他歷經十幾年人生,所培養出來的敏銳嗅覺。

「只要人家的嗅覺沒有排斥妳，人家就沒理由對莉莉產生反感呢。」

「…………這樣啊。」

「比起妳的問題，人家還比較想問妳呢。『瑪莉歐・羅索』是舉世聞名的大畫家，連人家都聽過妳的名字。這樣的妳，為什麼會變成〈解放軍〉的跑腿小弟呢？」

莎拉聞言，搖頭否定：

「我本來就沒打算加入〈解放軍〉，我只是……在還債而已。」

「還債？」

莎拉點了點頭。

「我有一幅畫，一定要完成。但是在畫圖之前，我必須跑遍世界增廣見聞，還必須尋找理想的模特兒……所以我接受了〈大教授(Grand Professor)〉的手術，以便治療自己的舊疾，然後拍賣自己的畫作支付治療費。另外我也會借用他們的管道，出入衝突地區尋找模特兒。我和組織的關係就只有如此。」

她會參加這場作戰計畫，也只是追尋模特兒的其中一種手段。

莎拉對〈解放軍〉的思想毫無興趣。

她只是為了自身的目的利用〈解放軍〉，〈解放軍〉也為了組織的利益利用了她。

莎拉淡淡解釋著她和組織的關係。

「原來如此啊……但若是如此，妳根本是**被坑**了嘛。人家是不知道妳接受了多麼困難的手術，但是算一算妳那些畫作的價格，妳所支付的治療費，可是多到足以**買**

下整個國家啊。」

「無所謂。我願意付出任何事物，換得一副能畫圖的身體。除此之外，不管是錢還是其他東西，我都不需要。」

莎拉語氣平淡，沒有一絲感情起伏。

但是話中的意志沉重無比。

有棲院能感受到她的決心多麼堅定。

對她來說，畫圖就是如此重要，任何事都無法取而代之。

莎拉的意志，比自己想像中還要更加沉重、頑強……甚至讓人感受到某種異樣的悲愴。有棲院窺探到她的另一面，不禁開始反省自己的做法。畢竟他是利用莎拉這份感情，來達到自己的目的。

「……希望妳能順利完成那幅畫呢。」

「我花了不少時間，終於找到模特兒了，我絕對會完成它。」

「妳是說一輝嗎？」

「沒錯。惡魔爬滿了那幅畫的每一分、每一角。而彌賽亞雄偉強悍的身影，毫不畏懼地聳立於惡魔之中。祂必須同時具有兩種相悖的印象，無與倫比的勇猛，以及宛如純樸少女的柔和。祂的模樣，一定要是最理想的男性形象。」

……莎拉走遍了全世界，只為了尋找這樣的男性。

而現在，她終於找到了。

「我見到〈無冕劍王〉的那個瞬間，我的感性這麼對我吶喊著：『他就是我所追求的形象！』」

莎拉這麼述說著，同時隱隱浮現一絲陶醉。

她彷彿……沒錯，就彷彿是在……炫耀自己的戀人似的。

「呵呵，也就是說，妳是一見鍾情呢。」

「……？是嗎？」

「因為從莉莉的話聽來，一輝是莉莉心中最理想的男性嘛。那就好比是女人對異性一見鍾情呢。」

有栖院這麼強調，但莎拉卻滿臉疑惑。

「……我不太懂……我從來沒想過這種事…………」

自己愛上了一輝嗎？

她捫心自問，卻得不出答案。

她現在就如同初次聽聞異國語言，完全聽不懂有栖院的意思。

這名有如蓓蕾般的少女，尚未知曉愛戀的滋味，所以她無法理解這份情感。

◆◇◆◇◆

第一個回到集合地點的人，是一輝。

除了他以外，所有人都是女性（？），自然會花上比較多時間。

所以一輝坐在附近休息用的長椅上，翻看自己從書店買來的文庫本，同時等待女孩們歸來。

於是，到了超過約定時間五分鐘左右——

「抱歉，你等很久了嗎？」

一輝聽見有栖院的聲音。

一輝闔上文庫本，抬起頭。

「不，我也沒等多久…………」

緊接著——

（呃、咦？）

他疑惑地僵在原地。

莎拉就站在有栖院身旁，而她的模樣——

應該是有栖院幫她搭配的。她身上的服裝不是運動服，也不是裸圍裙。她好好穿上了胸罩……倒不如說，胸罩全露出來了。而且下半身從牛仔褲換成了牛仔熱褲，裸露程度反而大增。

「……那、那個，艾莉絲。」

一輝以視線追問有栖院：這究竟是怎麼回事？

有栖院則是回以嘆息。

「人家知道你想說什麼……人家很努力了，可是……」

他開口解釋。

莎拉為什麼會穿成這副模樣。

理由倒也沒什麼，非常、非常地單純。

有栖院幫莎拉上完妝之後，開始挑選衣服。而他以牛仔褲為主軸，隨便挑了普通的夏季女裝讓莎拉試穿。沒想到莎拉換上衣服後，竟然直接倒地，臉色發青地說了一句話……

『好、好重…………』

「簡單說，就是負重過重。而且人家一問才知道，因為她太怕史黛菈，才非常勉強地穿上運動服，等到要換衣服的時候，已經耗盡力氣了。」

「她未免太柔弱了吧!?」

「人家也嚇一跳呢……」

「……我拿不起比畫筆還重的東西。」

「莎拉同學，真虧妳能活到今天啊……」

「不過人家已經在她的負重範圍內花心思搭配衣服了，至少不要讓她看起來像暴露狂。她只要穿上胸罩，再怎麼活動身體也不會走光。」

有栖院解說的同時，繞到莎拉身後，輕輕推了她的雙肩，將她推向一輝。

他暗示一輝，要他自己看看就知道了。

方才莎拉現身的瞬間，他只注意到她身上裸露度大增。仔細一看才發現，有栖院的確在莎拉的服裝下了不少工夫。

上半身是可外穿的胸罩與夏季的長袖針織外套。

下半身則是熱褲與長靴。

針織外套不扣起釦子，突顯胸口到腰間的美好線條；衣袖也特地挑選較長的尺寸，遮起手指的第二關節；亂翹的頭髮故意保持原狀，將莎拉原有的性感與頹廢感，**昇華成個人特色**。這部分不得不佩服有栖院的巧思。

再加上完美的妝容。

化妝水和乳液完美滲透白皙的肌膚，為她的雙頰增添彈性，睫毛夾得捲翹；臉上添加打光與陰影，突顯莎拉端正的五官；乾裂的雙唇現在也換了個面貌，水嫩豔紅，有如熟成的果肉一般。

莎拉的容貌完美無缺，卻也沒有一絲多餘的妝點，一切恰到好處。

很美……一輝坦率地這麼認為。

「……果然、還是很奇怪嗎？」

「不，跟之前相比，絕對是現在比較好看。現在的莎拉同學看起來真的很漂亮呢。」

「…………這樣啊。」

一輝老實說出自己的感想。

莎拉冷淡地移開視線，平靜地回道……不過雙瞳卻隱隱顫抖，雙頰染上淡淡的櫻花色。

看來她是害羞了。

莎拉第一次展現妙齡少女應有的反應。

「不愧是艾莉絲，她看起來總算是像樣點了呢。」

投向莎拉的這道聲音，是來自於珠雫。她直到集合時間過後不久，才回到集合地點。

珠雫踩著木屐，小心不弄亂衣襬，「叩咚、叩咚」地小步走來。

她相當自然地依偎在一輝身旁，彷彿在說這個位置是屬於她的，玲瓏玉手輕輕拉了拉一輝的衣袖。

「珠雫，那件和服是剛才買的嗎？」

一輝問起珠雫不同於方才的衣裝，珠雫便開心地點點頭。

「是的。之前在百貨公司擊退恐怖分子時獲得了一筆賞金，不過我到現在都還沒動過那筆錢，就拿來買了和服。哥哥，您覺得看起來如何呢？」

「花紋是菖蒲啊。色彩搭配也很清爽，感覺很不錯。和珠雫很相襯呢。」

一輝答道，同時小心翼翼地不撥亂珠雫的白銀髮絲，溫柔輕撫她的頭。

「非常謝謝您。」

珠雫道了謝，舒服地瞇起眼角。

不過當一輝一停下手，她的表情瞬間一變……轉為略帶惡意的笑容。

「不過哥哥果然還是最期待史黛菈同學裝扮後的模樣吧。」

「咦？不……沒這回事。」

「沒關係，您就別裝傻了。一般人都會希望見到喜歡的人裝扮得漂漂亮亮，這是人之常情嘛。」

於是，珠雫轉向方才走來的方向，出聲喊道：

「來吧，史黛菈同學！現在壓軸時間已到！妳就展現那身可愛又新穎的裝扮，以妳絕佳的魅力，徹底擊敗那邊那位不知天高地厚的新人吧！」

「交給我吧!!!!」

空無一物的空間中傳來回應。

不、她只是以〈陽炎暗幕〉隱形了而已。

史黛菈立刻解開能夠折射光線的伐刀絕技，跳到一輝面前。

接著——

「跳跳！人家要變成可愛的小兔子，跳進一輝的心裡喔♪」

她頭戴兔耳髮圈，一襲兔女郎裝扮（附帶絲襪），抱住了一輝。

「「「——————」」」

周遭頓時一片死寂。

不只是一輝，有栖院、莎拉，甚至是一旁經過的路人，他們見到史黛菈特立獨行的裝扮，所有人大驚失色，啞口無言。

「呵呵呵，珠雫，妳看看。大概是我實在可愛得驚人，一輝竟然說不出半句話了呢！」

似乎只有本人沒注意到異狀。

一輝雙手搭在樂觀過頭的史黛菈肩上，輕輕推開了她。

接著……他露出宛如遙望遠方的眼神，這麼說道：

「史黛菈同學，總之請妳先穿上衣服吧。」

「奇怪!?一輝對我的稱呼怎麼更疏遠了!?我沒有跳進他心裡嗎!?」

「嘻嘻。」

「！」

史黛菈身旁傳來了嘲笑聲。

史黛菈轉過身去，便見到那名少女正凝視著她，嘲笑著她。她的眼中，滿溢著嗜虐般的愉悅。

史黛菈見狀，臉上唰地失去了血色。

「……珠雫，妳、難不成…………妳騙了我嗎!?」

「別說得這麼難聽。嘻嘻，我怎麼會騙妳呢？妳想想看嘛。打從一開始——**我就**

不可能出手幫妳，不是嗎？」

「那、那妳說一輝很喜歡兔子，兔女郎裝一定能夠賺到很高的分數，那也是……！」

「那種裝扮，只有在勇者鬥惡龍裡才賺得到獎勵。」

「～～～～～～!!!」

史黛菈一發現自己被眼前的小惡魔耍得團團轉，恥辱與憤怒一口氣湧了上來，她頓時漲紅了臉。

「這、這傢伙！一、一輝，不是我自己想穿的！是珠雫騙我穿的啊！」

「嗯，我知道。所以請妳趕快穿上衣服吧，法米利昂同學。」

「不要啊啊啊啊！一輝的心正以加速度遠離我啊！根本比初次見面的時候還要疏遠——！唔唔唔——！珠雫，我之後絕對會讓妳好看！給我等著瞧——！」

史黛菈半是哀號地放聲怒吼，雙手遮住自己的身體跑走了。

她應該是要去換回原本的制服。

而珠雫望著史黛菈的背影——

「嘻嘻嘻。啊——真好笑。」

一邊抖著肩膀偷笑。

「珠雫，真是的。妳不要一直捉弄史黛菈啦。」

「不要。」

一輝看不下去，出聲制止珠雫。珠雫卻是一口回絕。

一輝有些吃驚。她平常都相當順從一輝，現在卻難得地強硬拒絕他的要求。

「妳、妳有這麼不願意嗎？竟然回絕得這麼徹底。」

「是的。捉弄史黛菈同學是我的特權，就算哥哥阻止我，我也不會住手的。」

珠雫這麼回答一輝，再次望向史黛菈離開的方向。

「……嘻嘻，她真是可愛啊。」

珠雫喃喃低語的側臉……不知為何，輕輕刺痛了一輝的心頭。

（……咦？這感覺是……）

他疑惑地回味這莫名的感受。

自己剛才從她的側臉感覺到什麼了？

愛情…………又或者是，悲愴感？

一輝搞不懂。而在他得出答案之前——

「——那麼哥哥，我還想為晚上的第三輪比賽做點賽前調整，趁著可愛的小兔子變成紅鬼跑回來之前，我就先行告退了。」

珠雫先一步告知一輝去意。

……他沒理由阻止珠雫。

更何況，她是為了晚上的比賽才離去。

對現在的他們來說，大賽是絕對優先的。

因此，一輝拋開心頭那瞬間的刺痛，點了點頭。

「我知道了，史黛菈就交給我安撫吧。」

「麻煩您了。艾莉絲……我想請妳幫忙，妳能跟我一起來嗎？」

「當然好啊，人家的任務也告一段落了呢。」

「謝謝妳。那麼，哥哥，我先失陪了。」

「再見，你們要在比賽時間之前回來喔。」

珠雫與有栖院兩人一起離開團體。

一輝在她們離去之前，朝向珠雫逐漸遠去的背影——

「我很期待在準決賽與妳一戰。」

連同自己的聲援一起傳達給她。

珠雫則是轉過身，以她最響亮的聲音回答：「是！」接著她便和有栖院一起搭上電扶梯離去。

……數分鐘後，換回制服的史黛菈回到了集合處。

「咦？珠雫和艾莉絲呢？」

她一回來就是先尋找復仇對象——珠雫的身影。

不過珠雫應該早就離開這棟建築物了。一輝便告訴她：

「她還要準備第三輪比賽的暖身，所以先回去……了…………？」

他還沒說完……便再次僵在原地。

為什麼他又僵住了？

因為他的腦部再次遭受衝擊。而且這次衝擊，遠比剛才的兔女郎裝更加強烈。

衝擊來源來自於怒氣沖沖的史黛菈手中。

她的懷裡……抱著一個閉眼熟睡的嬰兒。

「那個死小鬼……竟然溜得這麼快！」

「史、史黛菈、那……那個嬰兒是？」

「妳生的嗎？」

「怎麼可能是我生的啊！」

◆◇◆◇◆

這件事是發生在史黛菈去女廁脫下兔女郎裝，換上制服之後。

『討厭鬼討厭鬼討厭鬼！我今天絕對不會原諒她！看我回去用瘋○瞬間膠把貓耳黏在她頭上！』

史黛菈被珠雫氣得七竅生煙，眼角帶淚地站在洗手檯前方檢查自己的儀容。就在此時——

一個嬰兒突然無聲無息地出現在鏡中，就在自己身後斜上方的空間裡。

『——!?』

史黛菈嚇得頓時屏息。

但是她沒時間傻在原地。

那名嬰兒正因為重力拉扯，緩緩墜下。

『危險──────!!!!』

「……就是這麼一回事。」

「真是功勞一件哪。」

之後，三人帶著嬰兒前往百貨的走失兒童協尋中心，三人就這樣坐在協尋中心辦公室裡的沙發上，和嬰兒一起等待家長。

而前述的那名嬰兒……是個不到一歲的男孩子。他現在正在史黛菈的懷中熟睡。

史黛菈低頭看著嬰兒，詢問身旁的一輝。

「……這孩子應該是伐刀者吧？」

一輝點頭。

「應該是。他的能力可能和城之崎學長一樣，屬於〈空間移動(Teleport)〉系。」

不然他不會突然出現在空無一物的空間之中。

一般來說，伐刀者是在形成自我意識之後，才會察覺自己的能力。但是能力強大的伐刀者中，偶爾也會有人在自我意識模糊的嬰幼兒時期，明明還無法顯現固有靈裝，卻突然發動自己的部分能力。

嬰兒甚至還無法自己站立，就突然爆發出超常能力。

……這種狀況當然非常危險。

看狀況可能還會危及性命。

以這次的狀況為例，要是史黛菈沒有接住嬰兒，他可能會頭朝下直接撞上堅硬的地面，造成重傷……最嚴重可能會當場送命。

「幸好史黛菈剛好在場。」

「就是說呢……不知道能不能馬上找到他的父母？」

「很難說。畢竟我們也不知道這孩子覺醒後的能力，強大到什麼程度。」

幸運的話，嬰兒的父母可能就在這棟百貨公司裡。

但是他也有可能是從更遠的地方飛來的。

嬰兒身上的名牌寫著：『nitta makoto』，應該是日本人沒錯。所以就算是最糟的狀況，至少他的父母還待在日本。

「不過，我們已經聯絡百貨公司的人員了，就麻煩他們去找吧。我們就在時間的容許範圍內陪著這孩子。」

「說的也是……啊。」

就在此時。

史黛菈懷中的嬰兒突然大大扭動身體，睜開雙眼。

「啊、噗…………？」

接著水汪汪的大眼往上看，見到抱著自己的史黛菈——

「嗚哇哇哇哇哇哇哇哇～～～～～～～～～～～～～～～～～～!!」

接著放聲大哭。

不，他不只是大哭，嬌小的身軀不停掙扎，似乎想要逃離史黛菈的懷抱。

他或許是因為找不到母親，突然慌張起來。

「啊、等等！別亂動！很危險啊！」

「呀啊啊啊啊啊啊啊啊啊!!」

「怎、怎怎怎怎麼辦!?一輝，該怎麼辦啊!?」

嬰兒不停地踢著史黛菈的臉，史黛菈則是抱緊他，小心不讓他摔下去，同時向一輝求救。

不過一輝也不知道怎麼安撫嬰兒。

一輝雖然有珠雫這個妹妹，但是他們只差了一歲。

總之他先試了老方法──做鬼臉逗笑嬰兒，不過──

「呀啊啊啊啊啊啊啊啊啊啊～～～～～～～～～～～～～～～!!」

「他、他反而哭得更慘了啊!?」

「這、這下麻煩了……」

兩人困擾地看著哭個不停的嬰兒。

此時莎拉突然介入兩人之中──

「讓我來。」

她迅速從史黛菈懷中抱走嬰兒。

「莎拉!?妳力氣那麼小，太危險了！萬一摔到嬰兒怎麼辦！」

「安靜點。妳太大聲了。」

「唔。」

史黛菈慌張地想搶回嬰兒，莎拉卻露出至今未曾見過的嚴厲眼神警告史黛菈。

她坐在沙發上，輕撫嬰兒的後腦——

「沒事的，你的媽媽很快就會回來了。」

同時沉穩地對嬰兒說道。

於是——

「啊嗚、啊唔？」

「他不哭了……」

嬰兒剛才還不停地大哭大鬧，現在卻完全安靜下來，實在令人吃驚。

「莎拉同學真厲害啊。妳很習慣帶小孩嗎？」

「沒有……我只是走遍世界，觀察過各種事物，所以就算他不會說話，我也大概知道他想要什麼、心情怎麼樣……這孩子只是因為自己的父母不在身邊，感到不安罷了。小孩子原本就能敏感察覺大人們的情緒，如果這種時候我們還自亂陣腳，只會讓他更不安，所以自己要先冷靜下來。」

「「對、對不起。」」

錯。

莎拉以責備的眼神望著兩人，淡淡解釋道。一輝和史黛菈則是不約而同低頭認

大人如果不高興，小孩便會跟著不安、害怕。

就如她所說，他們不應該慌張。

史黛菈身為女人，實在有點不甘心，另一方面她也擔心莎拉的臂力，不過現階段，她也只能將嬰兒交給莎拉。於是她收回手，在一旁做好準備。萬一莎拉不小心鬆手，她可以隨時上前護住嬰兒。

過了不久，嬰兒安心下來之後，便開始蹭著莎拉的胸部。

「唔——ㄋㄟ！ㄋㄟ——！」

史黛菈見到他可愛的模樣，不禁綻放笑容。

「啊哈哈，這個我看得懂。」

他應該是想喝母奶。

「不過對不起喔，我們還擠不出奶呢。」

「我去請負責人幫忙泡牛奶好了。」

善解人意的一輝正要站起身，就在這一刻——

莎拉突然做出驚人的舉動。

她竟然拉開有栖院為她挑選的外穿式胸罩，露出單邊潔白豐滿的乳房。

「噗!?」

「喂、莎拉!?妳在做什——」
「吵死了。」
史黛菈嚇得拉高音量。莎拉立刻瞪著史黛菈，並出聲喝斥。
「啊、抱、抱歉……可是…………!」
「……我雖然擠不出母乳，但是這麼做至少能讓他安心。」
而正如莎拉所言，莎拉明明擠不出母乳，但是嬰兒含住莎拉的乳頭後，頓時露出心滿意足的表情。
他應該不是肚子餓。
嬰兒索求的不是食物，而是溫暖。
莎拉身為世界第一的畫家，她的觀察力已經察覺了這點。
於是莎拉一邊模擬餵養嬰兒的行為——
「ninna nanna, ninna oh　questo bimbo a chi lo do～♪」
一邊以她優美的嗓音，唱起了歌。
莎拉唱的是義大利語。史黛菈身為皇女，精通語言，她很快就聽出來了。
那是義大利的搖籃曲。
「se lo do al lupo bianco　me lo tiene tanto tanto」
她滿懷慈愛地編織出旋律。
嬰兒當然不會明白其中的意義。

但是他確實感受得到。

那份沁入心脾，不分國境、語言、意義，超越一切的愛情。

這或許就是所謂的「母性」。

於是，嬰兒縮在莎拉胸口，再次發出微小的鼾聲。

「Ninna nanna, nanna fate　il mio bimbo addormentate～♪」

莎拉懷抱著那份微微的脈動，輕輕唱著小曲。不論是史黛菈還是一輝的眼中……她現在的身影，比她至今的任何模樣、任何神情，都來得美麗萬分。

◆◇◆◇◆

嬰兒再次入睡之後，莎拉便將嬰兒託付給一輝。

看來她的手臂到極限了。

「他睡得真熟。」

嬰兒躺在一輝的懷中，發出安穩的呼吸聲。一輝望向懷中的小生命，臉上洋溢著微笑。

「……史黛菈也是。」

「呼——呼——」

而他面對這一邊，則是滿臉苦笑。

莎拉的歌聲影響了史黛菈，她也跟著不自覺墜入夢鄉。

她在攻、守、速三個面向上，皆是完美無缺，不過似乎抵抗不了異常狀態。

另一方面，莎拉將嬰兒託給一輝之後，便在膝蓋上攤開筆記本，為在一輝懷中沉睡的嬰兒素描。

她並不像戰鬥中那樣神速，而是緩慢且仔細地畫著。

筆記本平坦潔白。

她靠著一支鉛筆，在筆記本上塑造出擁有遠近深淺的世界。

繪畫真實得彷彿只要伸出手，手指就能沉進筆記本中，觸摸到嬰兒柔軟的臉頰。

一輝不諳繪畫。對他來說，莎拉的畫技如同魔法。

「……………嗯？怎麼了？」

一輝看筆記本看得入迷。而莎拉似乎是感受到他的視線。

她望向一輝，疑惑地歪了歪頭。

「啊，抱歉。我只是覺得妳畫得真好。」

照史黛菈的說法，眼前的人可是聞名世界的畫家。她筆下的一幅畫，甚至能賣出高達十四億美金的天價。

她畫得好是理所當然的。不過一輝還是忍不住內心的讚嘆。

一輝不懂畫，但是他擁有優秀的觀察力，是觀察他人行動的專家。

所以一輝能明白。

即使是她隨興畫下的一筆，從手腕、指尖，以及筆的動作就能看出，其中蘊含著非比尋常的鍛鍊，才能畫下這獨一無二的一筆。

那和劍術高手的劍路是殊途同歸。

必須有超越常人的愛情、熱情以及決心，才能抵達這種境界。

「……妳真的很喜歡畫畫呢。」

說實話，莎拉整天只想拿一輝當裸體模特兒，所以他實在很不喜歡這個人，甚至是不太想接近她。但是他卻相當敬佩莎拉堅強的意志。

不過莎拉聽了一輝的話——

「……現在，是喜歡沒錯。」

卻回以略含深意的答案。

「現在？」

一輝回問道。莎拉則是凝視一輝的雙眼一陣子……

接著……淡淡地低語。

她的語氣甚至藏有憎恨——

「我以前最討厭畫了。」

莎拉・布拉德莉莉。

◆◇◆◇◆

現在如此自稱的這名少女，她的童年是在床上度過的。她當時就住在義大利的郊區……某個位於山中的小畫室。

她一出生便患有疾病，骨頭相當脆弱，她甚至無法自己行走。

她在床上只能見到畫室中的景象。這片光景，就是她的世界。

而在那小小的世界中央，總是有一道背影，始終面向畫布。

那是她的父親。

她的父親是個默默無聞的畫家。而他總是面對巨大的畫布，不停地畫著畫。

那是一幅宗教畫。畫的主題是哈米吉多頓大戰（註1），畫著彌賽亞以聖光燒盡了不計其數的惡魔。

他始終畫著那幅畫，畫了一年、又一年——

莎拉記憶中的父親，全都是背影。

父親不曾回頭看過自己，連一次也沒有。

她開口呼喚他，也從未得到回應。

註1　哈米吉多頓：記載於《新約聖經・啟示錄》，為世界末日來臨之時，善與惡的最終戰場。

莎拉的生活起居，全都交給父親雇來的幫傭負責。
所以她完全不記得父親的長相。
她甚至不知道，自己到底有沒有看過父親的容貌。
他彷彿是被魔鬼附身似的，一直、始終沉醉在眼前的畫中。
所以——
「……我很憎恨『繪畫』。是『畫』，奪走了我的父親。」
她多希望父親能回頭看看她。
多希望父親能愛她。
莎拉吐露著童年時的心情。
一輝開口詢問這樣的她：
「那麼，莎拉同學為什麼……會拾起畫筆畫圖？」
她明明是如此憎恨繪畫。
莎拉則是這麼回答一輝。
一切的契機是……父親的死。
某一天，她的父親突然趴在畫布上，就這樣去世了。
是幫傭送父親到醫院。而照幫傭的說法，父親是死於舊疾惡化。
畫室中，只留下孑然一身的莎拉，以及那幅未完成的巨大油畫。
莎拉痛哭將近三天，直到她眼腫了、眼淚流乾之時，她……雙眼燃起憎恨的怒火，狠狠瞪向那幅害死父親的畫。

那塊巨大的畫布，大得足以塞滿房內寬大的牆面。

那幅畫的中央，原本應該畫上彌賽亞。但是父親始終沒有填上中央的空白，就這樣直到父親死去，畫都沒有完成。

於是，莎拉決定撕毀那幅畫。

這是當然的。她對於那幅畫，只徒留憎恨。

父親整日沉浸在畫中，所以才始終不願回頭看自己一眼。

莎拉使盡渾身的力氣，花了整整一天，從床上爬近畫布，倚靠著椅子站在畫的前方。

然後抓起掉在一旁的畫刀，高高舉起。

她要用畫刀，徹底撕裂這幅畫。

但是……

「我始終沒辦法揮下畫刀……」

為什麼？

因為她發現了一些事物。那是她身在床上、身在遠處時，從未察覺到的事物。

那是……顏料管的殘骸。多不勝數的顏料殘骸散亂在地板上。

還有，多達數十支的畫筆殘骸。每支畫筆的筆毛都雜亂不堪。

畫布上塗了數層已凝固的顏料。而畫布中央那塊空白破破爛爛的，看得出上頭曾經一次又一次地塗上顏料，卻一次又一次地刮除。那塊空白，始終未曾填滿過。

……父親那令人畏懼的執著與熱情，就存在於那個地方，彷彿散發著熱度。

莎拉感受到這些情感的瞬間，她心中的悲傷……凌駕了憎恨。

早已流乾的淚水，彷彿潰堤一般地滿溢而出。

父親花費了多得無法計算的時日，甚至拋下女兒不顧，嘔心瀝血地畫。但是他終究沒有完成這幅畫。

父親沒辦法完成這幅畫。

父親即使賭上再多的情感、心願，他終究不受美之女神（Muse）眷顧。

他會是多麼悔恨？

莎拉一想到父親的遺憾，就無法止住淚水。

她深知父親在這幅畫中，傾注了多少心血。她了解，甚至為此心生憎恨。

……所以莎拉流著淚，下定決心。

父親終生無法完成的這幅畫，就由自己來完成它！

「因為我覺得比起為他悲傷而流淚、比起為他獻上哀悼的花束，只有去完成那幅畫，就只有完成這件事，我才真正為去世的父親盡了唯一一次孝心。」

因為，這是父親與自己之間留下的，唯一的聯繫。

——莎拉父親的友人．風祭晄三似乎曾受父親委託：「妳父親要我在他出事的時候照顧妳。」於是在那之後，莎拉仰賴風祭晄三的人脈，找到了〈解放軍〉首席的醫生，同時也是〈解放軍〉的幹部級人物〈十二使徒〉之一——〈大教授〉，請他醫治莎拉的舊疾，也欠下龐大的債務。

莎拉得到的新軀體雖然不算完美，但至少能自由活動到某種程度。最後，她為了彌補父親的遺憾，一邊磨練繪畫技巧，一邊四處尋找能填補畫作空白處的模特兒。她要找的模特兒，是用來描繪彌賽亞，一個即使面對噴發而出的一切惡意，仍舊能雄偉地屹立不搖的救世主。

她一個女兒身，走遍了世界各地，經歷多次生命危險，依然毫不妥協。

她耗費了目前人生的一半時間——十年。

因為那幅畫中蘊藏的熱能，幾乎等同於怨念。要是她的畫技或模特兒只有半吊子程度，馬上就會被畫的怨念吞噬。

「而我就在磨練的過程……不知不覺喜歡上畫畫……我果然還是和他流著一樣的血。我只要一這麼想，就會感到開心。」

「……這樣啊。」

一輝聽完莎拉的告白，也理解了一件事。

她為什麼會如此異常執著於自己？一輝終於明白其中原因。

原來如此。以一輝的感受性來說，他實在不懂莎拉看上自己的哪一點。不過她耗費半生尋尋覓覓，終於找到自己這個模特兒，當然不可能這麼輕易放棄……不過——

「……為什麼？」

「什麼？」

「為什麼你要做到這個地步？妳甚至不認得父親的臉，不是嗎？」

一輝雖然理解了莎拉執著的原因，他卻仍舊不懂。

她為什麼能為了一個不曾回頭顧慮她的父親，做到這種地步？

這個疑問……或許也和一輝自己的遭遇重疊。

但是莎拉卻毫不猶豫地回答了一輝的疑問。她理所當然地說道：

「因為我愛他。」

「妳明明想不起他的臉，他甚至不曾愛過妳，妳還是愛他？」

「我的確想不起父親的容貌，也不記得他曾經回頭看我。我很清楚，他根本是個不稱職的父親。但是……即使如此，我還是不曾討厭父親。那麼，這就夠了。**只要這樣就足夠了**。

只要這份心意還存在於自己的心中——我的愛就算只是單方面的愛，那也無所謂。」

莎拉這麼說著。

她或許是認為，自己的父親並非是真的想疏遠自己。

不，即使她的父親不是真的疏遠她，他或許不希望女兒在自己的遺作上隨意加筆。

但是，她才不管這些。

因為他們是父女。

「是我自己想去愛他的。他本來就應該容許我這點小任性。」

「——」

一輝在這一刻，自己的疑惑得到了解答。

而這個解答，也能通用於自己與父親的關係——

「——是、這樣啊……」

一輝至今一直在考慮……自己總有一天必須與父親劃清界線。

兩人早已形同陌路。

而他也認為……他總有一天必須以斷絕關係的方式，去了結彼此的緣分。

（但是——事情並不是這樣。）

即使父親希望斷絕父子關係——

即使他再怎麼想疏遠自己——

那都不是自己該考慮的問題。

當然了。

對方可是從未正眼看過自己。

那麼，為什麼只有自己要顧慮對方的方便？

（沒錯……只要顧慮我自己的心情就好！）

不論嚴怎麼想，那都和一輝無關。

既然自己沒辦法討厭父親——那就不需要勉強自己討厭。

就這樣分道揚鑣，又有何不可？

自己和父親都是各自擁有一顆心臟的一名人類。

自己盡全力走完屬於自己的人生即可。即使兩人的結局不會有交集……

——他們仍然是血濃於水的父子。

（這可是小孩（我）的特權，那我就要盡情地耍任性。）

這就是黑鐵一輝對於自己與黑鐵家糾纏不清的所有問題，所得出的最後解答。

當一輝得出答案的瞬間，他感受到自己心中始終……打從幼時始終籠罩著自己，那抹如鉛一般沉重的雲霧，頓時消散。

他終於能坦率地肯定自己最真實的心情……即使兩人關係再怎麼扭曲，他仍然想和嚴維持父子關係。

一輝開心不已，不自覺地揚起笑容。

莎拉側眼看著一輝的表情，安心地低語道：

「你的表情變好看了呢。模特兒要是掛著一張陰暗的表情，我會很困擾。」

莎拉這麼一說，一輝才發覺一件事。

今早在醫務室裡，自己和嚴的交談結束後，莎拉現身時曾經想說些什麼。

當時莎拉可能是將一輝和嚴的關係，重疊在自己的親子關係上。

就如同方才的一輝。

所以，她才會提出疑問：『真的是這樣嗎？』

因為她知道。

還是有**這種形式**的聯繫。

而現在……她告訴了自己。

一切都是為了自己。

「……託莎拉同學的福，我也了卻了一樁心事。謝謝妳。」

「你如果想道謝，就當我的模特兒吧。」

這回應實在太有莎拉的風格，一輝不禁苦笑。

但是一輝現在知道了她的生涯背景，他也能理解她的執著。

說得直接一點，她所有的動力都集中於那唯一的理由上。

而既然……她有著這樣的前因後果——

「我知道了，好啊。」

「咦？」

莎拉聽見一輝的回答，瞪大了雙眼。

她可能沒想到一輝會這樣回答她。

不過一輝當然不打算無條件答應莎拉。

「不過，我有一個條件。下一場比賽，妳要贏過我，我才會當妳的模特兒。」

「…………比賽……」

「沒錯。下一場第三輪比賽，如果莎拉同學贏得比賽，我就乖乖當妳的模特兒。但是假如妳輸了，妳就要完全放棄找我當模特兒的念頭……妳覺得這樣的比賽條件如何？」

一輝語畢的同一時間。

他頓時渾身寒毛直豎，這感受震撼了他自己。

他眼前的莎拉……雙瞳的色彩明顯與至今的她判若兩人。

「————……我明白了。」

雙眸深處燃起了燦爛又強悍的意志。

壓迫感狠狠由下往上刮過一輝，彷彿快燒焦他的瀏海。

一輝屏息面對這種感受。

——她和至今的敵人完全是不同層級。

說到底，七星劍武祭是騎士的祭典。

這場賽事對一輝或史黛菈這樣的武人來說，是榮譽的戰場，但是對莎拉並非如此。

他聽完莎拉的故事之後，就明白了。

她擁有稀世的才能，以及才能帶來的卓越戰鬥能力，她在這場大賽上卻沒有賭上任何事物。

甚至是她明明身為〈解放軍〉的一員，卻不太積極參與〈解放軍〉的運作。

她僅僅只希望完成父親遺留的畫作。

其他的一切，都只是完成心願的過程罷了。

因此她的動力特別低。

她在和藏人的戰鬥中，也隱約表現出這點。

這樣的她——

（未免太可惜了。）

莎拉投注在藝術上的熱情，就如同自己這些騎士面對戰鬥時的熱情。

兩者只差在方向性。除此之外，不論熱度、意念的強大與否——全都相同。

不、她甚至遠遠超越了他們？

一輝不知道。

正因為如此——**他想確認看看**。

所以一輝在下次勝負中，附上了一項條件。

為了將她的意念……提高到最大極限，並且集中於下一場戰鬥。

© We

莎拉藉由這個約定，她會真正認真起來。
她會盡全力前來擊潰一輝。
不過，這樣就好。
自己也以自身的熱情與之碰撞，互相爭鬥。
這才是七星劍武祭。

◆◇◆◇◆

在這之後，孩子的母親從隔壁百貨奔來，失蹤嬰兒平安回到家長身邊。
然後三人簡單用了餐，走出百貨，回到會場。
時間來到下午四點半。
距離決戰的時刻，只剩下兩小時。

破軍學園壁報

角色介紹精選　文編・日下部加加美

BYAKUYA JOGASAKI

城之崎白夜

■PROFILE

隸屬：武曲學園三年級

伐刀者等級：C

伐刀絕技：白手（God Hand）

稱號：天眼

人物簡介：去年七星劍武祭亞軍

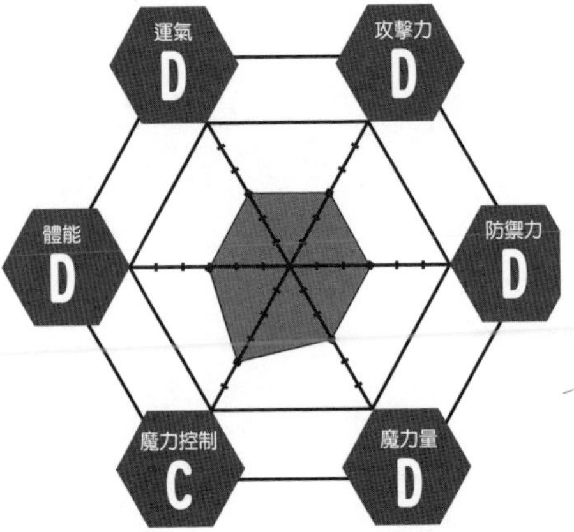

加加美鑑定！

雖然他的個別能力值都不高，但是他的能力──〈白手〉，能夠將鎖定的物體自由移動到指定座標。這種瞬間移動（Teleport）能力，對於七星劍武祭這樣有場外倒數出局的賽事，實在是如同千軍萬馬般強大啊。

＊你在石頭裡＊（註）

大部分選手要是遭遇這種狀況，應該都無計可施了嘛。

所以我覺得學長選擇一開場就使用〈一刀羅剎〉，其實是正確的做法呢。

註：此字幕出現於電腦角色扮演遊戲──巫術系列（Wizardry）作品中，瞬間移動失敗時會因爲傳送至牆中導致隊伍全滅。

第十章
七星劍武祭第三輪戰·開戰

『日本電信公司為您報時，現在是下午六點整。』

嗶、嗶、嗶——三秒一次的獨特警示音。

巨蛋內的所有音響都響起這樣的警示音，就在同時，晚場比賽用的燈光一同點亮。

夏季略長的黃昏已過，巨蛋內逐漸蒙上黑幕。此時，點亮的燈光照亮著巨蛋的每一角落。

於是——

『在場的來賓們，讓各位久等了！現在開始舉行第六十二屆七星劍武祭第三輪比賽！』

播報員敲響了第三輪比賽開始的鐘聲。

灣岸巨蛋的觀眾席彷彿是呼應播報員的呼喊，傳出了震耳欲聾的歡呼。

『本次大賽的前八強將會在第三輪比賽當中激烈競爭。

會場對於激戰的期待，似乎已經將所有觀眾的興奮沸騰到最高點！

我——飯田將會繼續擔任實況播報，解說則是交由八乙女教練，我們會持續為各位播報戰況！

那麼我們就趕快請第三輪第一場比賽的選手入場吧！

首先是藍色閘門，加我戀司選手！』

彷彿在回應播報員的呼喚，藍色閘門的陰暗處出現了巨大的身影。

聚光燈的燈光，使得舞台顯得耀眼奪目。而舞台上出現了一名彪形大漢，他的身高輕而易舉地超過了兩公尺，宛如一塊巨大岩石。他就是——

『喔喔！是加我！加我來啦！』

『他還是老樣子，超誇張的啊——！』

北海道的英雄，加我戀司。

『〈鋼鐵狂熊〉從北方大地・祿存學園來到這裡了！

他最引人注目之處，就是那不負〈狂熊〉之名，非比尋常的巨大軀體！

身高兩百三十六公分！體重三百七十公斤!!

他的體型幾乎和棕熊差不多了！這副得天獨厚的軀體，引發出來剛強無比的腕力，這就是他的武器！日本首屈一指的超級力量型戰士！

在這場暗潮洶湧的競賽中，有力選手接二連三敗退。但是去年比賽的前八強之中，只有他一個人進軍了第三輪比賽！

他究竟能不能在這些來勢洶洶的新人面前，展現他身為老將的骨氣呢——！』

『加我選手在攻防雙方都相當出色，平衡也不錯。優越的身體條件，由此而產生的臂力更是有如推土機。再加上他以伐刀者的能力，獨創出〈全身鋼鐵化〉。單純的強悍，單純的堅硬，因此也擁有**純粹的強大**。不論他如何使用，不論他碰上什麼狀況，甚至是與對手能力相剋，都難以左右他。本次大會能力特別的選手相當多，所以像他這樣的選手，反而能展現其真正的價值也說不定呢。』

加我沐浴在觀眾的加油聲中，終於踏上第三輪比賽的戰圈。

——同一時間，他做出了前所未聞的舉動。

他以粗壯巨大的手掌抓住身上的衣服，撕裂並褪去了衣服。

『喔喔喔————!?加我選手！他撕碎了自己身上那套特別訂做尺寸的制服，全身只剩下一條兜襠布！這又是什麼演出啊——!?』

播報員與觀眾皆是滿臉疑惑。

負責解說的八乙女則是插嘴解釋道：

『伐刀者的靈裝不一定會變成武器，也有『戒指』、『項圈』、『眼鏡』等等。而加我選手的靈裝〈雷電〉，就是那條兜襠布——『相撲褲』。他平常穿在衣服裡，所以我們是看不到的……不過他刻意脫去衣服，只穿著一條相撲褲登上了戰鬥的舞台。他想必是考量到，這場比賽會是他在這場大賽中的關鍵比賽，特意用這種方式展現他的氣勢吧。』

八乙女的解說是正確的。

只穿著靈裝挑戰這場關鍵比賽。

這就是加我特有的自我激勵法，以此祈求自己的必勝。

加我脫光了衣服，當場彎下雙膝，蹲低身子。

接著，左腳高高抬起，幾乎要與天空垂直，重重踏上戰圈。

剎那間，戰圈的左側隨著『咚砰！』的一聲巨響，整個沉入地面。

會場所有人都驚訝地瞪大了雙眼。

『太、太猛烈了——————！加我選手踩了四股（註2）的瞬間，直徑約一百公尺的戰圈竟然傾斜沉進地面啦啊啊啊——!!!!而他現在繼續高高抬起另一邊的右腳——放馬——過來吧——————！（註3）』

巨響再次響徹天際，這次戰圈也和剛才相同，右側地板沉進了地面。

『加我選手的第二次踏步雖然讓傾斜的戰圈恢復水平，不過整塊戰圈和他踩四股之前相比，目測大約陷進地面十公分！他的力量實在太驚人了！』

『他的力量的確驚人，但是請看看他的腳邊。』

註2　四股：為相撲力士的賽前準備動作，將腳往左右張開，把重心放低，接著將手插在腰上再把腳往上抬起，最後用力踩下並用雙腳底摩擦地面（左右兩次）。

註3　原文為どすこい，為相撲特有的激勵叫聲。

『腳邊嗎？這、這、這是——！』

飯田聽從八乙女的指示，望向加我的腳邊。

那裡出現了——

『是腳印！這座伐刀者用的戰圈是以特殊石材打造，甚至能耐得住凝固汽油彈的直接轟炸，但是現在上頭卻出現了明顯的腳印！彷彿加我選手只是踩了變成泥濘的沙灘似的，腳印清晰到連指頭的形狀都清清楚楚！』

『戰圈明明向下陷入，還留下了腳印，周遭卻沒有一絲裂縫……這代表他的力量相當集中，沒有一絲分散。加我選手不只是強而有力，他也兼具纖細，能細膩地控制力量流動。實在相當出色。』

『唔喔喔喔喔！他果然強翻了啊！不只是長得很壯而已！』

『呀啊——！小熊好帥～～～～！』

見到加我的演出，觀眾席上喝采四起。

加我以強韌的肉體為武器，採取相撲形式的獨特戰鬥方式，不輸給龐大身軀的豪爽性格，在全國各地都贏得了熱情的粉絲群。

不少粉絲也親自來到這座會場。

平常的加我總是會回報他們笑容，今天的他卻不一樣。

「————」

〈鋼鐵狂熊〉對觀眾的喝采毫無反應，只是神情嚴肅地望著閘門。他的對戰對手將會從那個閘門走出來。

『加我選手激勵自我的演出，使得會場的興奮快炸了鍋似的！

不過加我選手的雙眼卻宛如風平浪靜的海面一般，靜謐平和，專注凝視著一點！

沒錯，他只看著那座紅色閘門！而他的對戰對手將會從紅色閘門入場！

那我們立刻請A區決賽的另一名豪傑入場！』

以播報員的話語為暗示，聚光燈的燈光聚集到紅色閘門。

身穿漆黑和服的劍士就在這片燈光中，緩緩走出閘門。

『名門．黑鐵家的長男，幼時便以稀世才華的天才之名聞名全國。

當他贏得U（Under）－12（小學生）世界大賽冠軍的瞬間，想必所有人都這麼認為！

〈大英雄〉黑鐵龍馬的正統繼承人就此誕生了！

但是！當周遭都沉浸在喜悅當中，天才反而厭倦了！

他厭倦了〈聯盟〉的規定，對無法真槍實彈戰鬥的規定感到絕望！

他渴求著！

他渴求真正的戰鬥！渴望拚上性命的鬥爭！

為了追求更高的巔峰！

因此他在我們眼前銷聲匿跡！

每個人都曾因為痛失英才，而悲嘆出聲吧！

但是！這名天才回到日本了！
他就在高中的最後一年，站上這座七星劍武祭的戰圈！
他得到了壓倒性的力量，足以湮滅我們記憶中的他！
新生・曉學園三年級！〈烈風劍帝〉黑鐵王馬選手！』
王馬搖晃著長髮與和服的衣襬，一步一步縮短與加我的距離。
觀眾席的觀眾見到他的身影，不禁屏息。
『……好、好厲害…………』
『他還是一樣……好重的壓迫感……！』
他只是在走路，散發出的劍氣彷彿能劃破皮膚。
他身上的壓迫感，就有如拔出的刀刃一般鋒利。
『八乙女教練，〈烈風劍帝〉黑鐵王馬選手自從上次出現在公開賽事，已經是五年前的事了。教練眼中的王馬選手感覺如何呢？』
八乙女聽完播報員的提問，她思考半晌後，這麼答道：
『他很強呢。』
『……只、只有這樣嗎？』
『說實話，現階段除了這句話以外，我沒辦法再多做解說了。』
『是這樣嗎？』
八乙女點頭。

『畢竟他到目前為止的比賽中，一次都沒拿出真本事。』

王馬第一輪、第二輪的比賽，都是同樣的贏法。

對戰對手知道面對〈烈風劍帝〉，近身戰實在太不利，所以主動挑起遠距離的魔法戰。但是〈烈風劍帝〉卻是**筆直走向對方，一刀斬了對手**。

就只有如此。

王馬面對敵人的遠距離砲火，**既不迴避，也不防禦**。

真的只有筆直往前走。

同時直接以身體承受敵人的所有攻擊。

但是他卻毫髮無傷，也不曾停下步伐。

比賽過程太過一面倒，甚至無法稱為「比賽」。

其中不含絲毫技巧，也沒有人為介入的痕跡。

雙方之間存在的，只有如同天壤之別的能力差距。

因此八乙女知道王馬的強大。

但是她卻不知道王馬實際上到底強大在哪裡。

既然她不知道，就無法解說。八乙女這麼解釋道。

『……不過，〈烈風劍帝〉第三輪的對手是，是他在小學生時期經歷數度死鬥的對手——〈鋼鐵狂熊〉。他不耍小手段，從他方才的演出，也能看出那超越常人的龐大攻擊力。這對A級騎士〈烈風劍帝〉來說，應該稱得上是個威脅……我認為這場比賽或許能清楚見識到，王馬選手在這空白的五年所磨練出來的真正實力。』

『原來如此！那真是令人期待呢！哦，現在兩位選手都在起始線上預備了。』

戰圈之上，兩人相視而立。

加我主動向久違的老同窗打招呼。

「王馬，真懷念啊！咱們已經六年沒像這樣站在戰圈裡了唄。」

「……我和你並沒有熟到能閒話家常。」

「嘎哈哈，你這男人還是一樣冷淡啊。算了，不管你怎麼想，反正俺很高興！俺一直都希望和你來場賭命的真正勝負！俺可是一直等著這一天，要把小學生那時的帳奉還給你哪！俺就是為了這一天，才拚命鍛鍊出這具身體！」

加我這麼說，使勁敲了那片厚實的胸膛。

在小學生時期，他從未勝過那名同期的天才，一次都沒有。

但是，現在的加我長大成人，獲得了這具脫離常軌的巨大肉體。

加我已經不同於那時的他了。

加我不知道王馬在這五年內，究竟是在哪裡做了些什麼。但是他有自信，他能肯定自己已經追上王馬了。

因此他毫不畏懼眼前的A級騎士，這麼強調道：

「俺和你第一輪、第二輪的對手完全不一樣。俺絕對不會從你的真本事面前逃走！所以你就拿出真本事戰鬥吧！王馬——!!!!」

王馬聞言，則是露出事不關己的冷淡眼神，回道：

「那就要看你的表現了，戀司。」

「嘎哈哈！你說得沒錯！那麼，俺馬上就讓你認真起來唄！」

『這兩個昔日的勁敵就在戰圈上面對面，交流著彼此的友誼。〈鋼鐵狂熊〉加我戀司選手，他面對A級騎士〈烈風劍帝〉，卻肯定地說自己絕不逃走！普通的伐刀者說出這種話，只會讓人覺得有勇無謀。但是加我選手的實力確實辦得到！就如八乙女教練所說，我們或許能在這場比賽中，親眼見識王馬選手回歸後的真正實力！

好了，現在裁判正要宣布比賽開始——

——裁判宣布了——！』

◆◇◆◇◆

裁判宣布比賽開始的瞬間，加我率先有了動靜。

「喔喔喔喔喔喔喔喔喔喔喔喔喔喔喔喔喔喔喔喔喔——!!!!!!」

他高聲嚎叫，吶喊的音量響徹整個巨蛋，全身的魔力頓時沸騰。

他的身體同時產生變化。

皮膚失去了生物特有的血色，漸漸轉化為帶有光澤的鋼鐵。

這就是〈鋼鐵狂熊〉這個稱號的由來。

加我戀司的伐刀絕技——〈鐵塊幻化〉，能夠將己身肉體全數轉化為鋼鐵。

『加我選手先動作了！他就按照慣例，在自己身上施展了全身鋼鐵化！』

『當然了。為了發揮他的本領，還是免不了這道手續。』

就如八乙女所言，加我的戰鬥必定要先經過鋼鐵化這道工程。

巨大如棕熊的軀體以及體重，能使臂力強化數倍。

再加上鋼鐵化後的硬度，能反彈敵人的所有攻擊。

最後是相撲這種戰鬥風格，是以突擊力道與出招次數取勝。前面兩項強項，再搭配上相撲壓垮對手。這就是〈鋼鐵狂熊〉的戰鬥風格。

不過——

「嘎哈哈！解說小姐！妳剛剛說錯了！」

沒錯，那是**到目前為止的他**。

『咦……？』

「這次和至今為止的〈鐵塊幻化〉完全不一樣！俺可是特別留到王馬戰，才使出這一招隱藏技啊！」

加我說完，一如往常完成了全身鋼鐵化的同一時間，不同於〈鐵塊幻化〉的魔法頓時奔馳於全身。緊接著——

「嘎啊啊啊啊啊啊啊啊啊啊啊啊啊啊啊啊——!!!!」

加我戀司的身體伴隨著嘶吼，出現了至今未曾有過的變化。

加我化為鐵塊的雙肩上，各自新長出了兩隻手，左右合計長出了四隻手腕。

『什、什麼——！這、這是！他的手變多了——!?』

這極其怪異的變化，使得播報員和觀眾驚叫出聲。

只有一旁的八乙女還冷靜地分析狀況。

『原來如此……不只是單純的硬化，還進行整型。這麼做當然會增加出招次數，攻擊力和防禦力也一起提高了三倍之多……！他也思考了很多呢。』

「嘎哈哈！就像解說小姐說的一樣！俺的靈裝〈雷電〉的能力是將肉體化為鋼鐵！而既然已經是鋼鐵，當然能自在塑造形體唄！這就是俺的隱藏技！名為——〈鐵塊・阿修羅像〉！王馬！這是俺為了贏過你，花了五年思考出來的招數！心懷感激地接招吧!!」

加我將結束變化的巨大軀體深深一沉，採取蹲踞姿勢。

接著握緊拳頭往地面一砸，以反作用力挺起上半身，以那足以讓巨大戰圈陷進地面的腳力，驅動自己的軀體向前邁進。

他來勢洶洶，如同砲彈一般。

『好、好快——！加我選手那龐大的肉體，竟然以難以想像的速度衝向王馬選手！王馬選手會怎麼應付呢——!?』

但是，王馬面對加我的突擊，他的應對卻和**第一輪、第二輪比賽一模一樣**。

「…………」

『——哦哦哦!?這、這究竟是——!?王馬選手既不防禦，也不迴避！筆直走向突擊而來的加我選手！王馬選手彷彿一點都不害怕加我選手的臂力，以及那身巨大的軀體！』

『他還真是有自信呢……不過，他這麼做實在太魯莽了。』

就如八乙女所言，王馬的應對在所有人眼中，都顯得愚蠢無比。

加我和他第一輪、第二輪比賽的對手不同。即使是用上〈紅蓮皇女〉史黛菈・法米利昂那般壓倒性的魔力，也幾乎不可能完全扼殺掉加我的攻擊力。直接命中的下場肯定不輕鬆。

但是王馬竟然沒有做出任何防禦動作。

——加我見到王馬的對應，心中升起強烈的憤怒。

他竟然如此小看自己，甚至不屑閃避。

但是，那也是沒辦法的事。

自己至今從未勝過王馬。

他會輕視自己也是理所當然的。

既然如此——

（就讓俺的這一擊，徹底讓你清醒唄！）

「唔喔喔喔喔喔喔喔——————喔喔喔呀啊啊啊啊啊啊啊!!!！」

這個剎那，加我將全身的力氣與重量全部施加在手掌上，一掌打中王馬的臉。

衝擊同時震撼空氣，巨大的聲響，彷彿是人與大卡車正面對撞。

加我的攻擊，毫無疑問直接命中王馬。

而王馬也真的完全不做任何防禦或閃避。

但是他這麼做——當然不可能沒事。

王馬的身體大大傾斜，身形不穩，眼看就要倒落地面。

他的高傲產生了決定性的破綻。而加我絕不輕易放過這個機會！

加我這瞬間甚至看到了勝利的機會。

〈鋼鐵狂熊〉施展了他最自豪的攻擊，攻防合一的奧義。

〈百華掌〉——以數以百計的掌技反彈敵方所有攻擊，同時施以超重量級的連續打擊。

而他現在將以六隻手施展，這是王馬戰專用的新必殺技——

「〈阿修羅百華掌〉——喔喔喔喔喔喔喔喔喔!!!」

『王馬選手架勢已失，加我選手此時對他使出決勝一擊！連打連打連打連打——!!鋼鐵的掌技以肉眼無法捕捉的速度，連續打擊——！』

王馬方才正面接下了那一掌，架勢不穩，他是不可能躲過這猛烈的連掌。

鐵掌的暴風圈完全捕捉到王馬，掌擊有如暴雨般落在他身上。

自己的必殺技以絕佳的狀態命中對手。加我感受著掌擊的手感，渾身顫抖。行得通。

王馬的身軀即將倒落戰圈。

他只要繼續攻擊，就能贏！

他在這五年內始終追求著勝利，而眼前這股獲勝的預感，更促使他爆發出渾身的一切。

但是──

（──…………!?）

加我的期待與興奮漸漸淡去。

取而代之的，是急速湧上心頭的不安。

這是為何？

他明明一面倒地進攻著。

加我的鋼鐵掌擊明明全都命中王馬，毫無例外。

他為何會不安？

原因，就在於前面描述過的一切。

加我的所有攻擊全都命中了，手感也是無比清晰。

但是，王馬即使承受了這一切──

（他為什麼不會倒下!?）

而加我的疑問——

「……為了打倒我而思考出來的招數嗎……………」

隨著王馬的反應而得到了解答。王馬承受著〈阿修羅百華掌〉，淡淡低語道。

王馬的身體沉下到一定角度時，加我掌中的打擊手感突然產生了變化。

他的腦中迅速描繪一道印象。那是彷彿自己的掌技打向一座直衝天際的岩山——絕望般的徒勞感。

（他完全、不為所動……！）

王馬承受著鋼鐵掌擊，身軀卻毫無一絲動搖。

沒錯，王馬並非承受了加我的掌擊，才身形不穩——

他只是為了揮劍，壓低了身形！

「戀司，你枉費了整整五年哪。」

「!?!?」

唰！隨著破風聲起，加我的右半身感受到巨大的空虛感。

王馬從斜下往上一斬，一刀斬下加我用來施展〈阿修羅百華掌〉的三隻右手。

鋼鐵的硬度對〈烈風劍帝〉的劍技來說，根本不算什麼。加我頓時一陣寒顫。

但是——

「喔喔喔喔喔喔喔喔喔喔喔喔喔喔啊啊啊啊啊啊啊啊啊啊啊啊!!!!」

加我使勁嘶吼，強行甩開這陣寒顫，並以剩下的三隻手臂繼續進攻。

他不退縮。

他的本質就是一名戰士。

他只有留在原地才能戰鬥。

他的心中，絕對沒有「拉開距離」這個選項。

因此他拚上性命採取猛攻。

但是他在六隻手完好的狀態，都無法動搖眼前的對手，怎麼可能以三隻手攻下他。

一斬。

王馬朝上斬去的刀刃反轉斬下，砍斷加我所有左手臂。

甚至以斬下的姿勢立刻改變刀的軌道，打橫砍斷雙足。

「————」

為了這一天，持續磨練至今的鋼鐵攻擊與防守，全都無用武之地。

加我的身體失去支撐，漸漸滑落。

敵我之間的實力差距，在他的雙眼中留下了絕望，以及一抹疑問。

——竟然差這麼多嗎？

自己和王馬之間的差距，竟然如此龐大？

答案是否。

加我曾與王馬交手數次，他很清楚。

黑鐵王馬這名騎士的實力，**並非如此**。

他的確才華洋溢，但是他成長的幅度太過異常。

不論攻擊力、防禦力，都明顯地……逾越常理。

即使靠魔力或魔法，仍舊無法說明他的成長幅度。

其中肯定有**某種**異於常人的事物介入！

「你……到底——唔!?」

但是加我的疑問無法化為言語。

「咳噗!?」

取而代之的，是鮮血。血滴緩緩從他口中滑落。

就在他失去雙腳支撐，即將墜落地面的一剎那間。

王馬五指併攏，貫穿了加我化作鋼鐵的胸膛與背脊。

而王馬貫穿背部的手掌中，握著一顆持續跳動的心臟——

「快住——」

王馬在裁判出聲制止之前，毫不猶豫捏碎了心臟。

◆◇◆◇◆

在比賽以前所未有的形式畫下句點。這一瞬間，觀眾席上悲鳴四起。
『呀、呀啊啊啊啊啊————————!!!!』
『騙人的吧……!?喂！』
『那傢伙！他、他殺了加我啊！』
『這、這實在是出乎意料！當〈烈風劍帝〉斬斷了對手的雙手雙腳，勝負已決的瞬間！他竟然補上難以想像的一擊！心、心臟！他捏碎了加我選手的心臟啊——！這一擊殺意極高，實在是太危險了！』
裁判見到眼前的狀況，立刻宣判比賽結束。
醫療組人員立刻衝向戰圈。
破軍學園理事長・新宮寺黑乃也出現在人群中。
黑乃跳過觀眾席的柵欄，直接降落在戰圈中。
「〈凍結時間(Clock lock)〉！」
接著她顯現出自身的靈裝〈思維女神(Ennoia)〉——白銀的手槍，朝著倒下的加我射了一槍。
子彈命中了加我，以暫時停止時間流逝的魔法裹住他的全身。
這樣一來，就能完全防止肉體因為出血及缺氧而腐壞。

黑乃做出最為適當的緊急措施，接著命令抬著擔架前來的醫療人員：

「快點把他搬上擔架！在我的魔法失效之前，把他抬進再生囊裡！」

「好、好的！」

加我身受瀕死的重傷——不，要是黑乃不在場，他恐怕已經死了——他只能藉他人之手離開戰圈。

另一方面，王馬沒有目送對手，直接打算離開戰圈。

『王馬選手完全不理會被搬走的加我選手，甚至連淡淡一瞥都沒有！他們曾在同一時期互相競爭過，他對此卻沒有展現任何情分！他漸漸離去的背影，彷彿在述說自己根本不把對方放在眼裡啊！』

『咿……』

『好、好恐怖……』

平時勝者離去時，觀眾總是會拍手送上祝賀，但這次卻完全無聲無息。

成年騎士之間的戰鬥，是名副其實的真刀實彈。

流血受傷當然是家常便飯，運氣不好還可能因此送命。

所以學園方面不會強制學生參加七星劍武祭。

站在這個戰場上的所有武人，全都做好送命的覺悟，才會來參加這場比賽。

因此，旁人沒有理由責備王馬。

但是——……他們心中還是抹不去這種感受。他們疑惑，王馬有必要做到這種地步嗎？

兩人的力量差距是顯而易見的。

他卻仍然打算奪走加我的性命，這會不會太過頭了？

悽慘的結局彷彿冰凍了整座會場。但是其中——

啪、啪、啪……

有一個人為王馬送去了祝賀的掌聲。

『這個掌聲是……啊！』

那究竟是誰的掌聲？

播報員望向聲音的來源，驚訝地大喊。

為王馬送去掌聲的……是那名髮絲有如鮮紅烈焰的紅髮少女。

『那是史黛菈選手！唯有〈紅蓮皇女〉史黛菈・法米利昂選手，為逐漸離去的王馬送上了掌聲！』

會場頓時一陣譁然，每個人都疑惑萬分。

不過史黛菈卻毫不介意，她俯視著王馬，送上讚賞。

「王馬，你的戰鬥的確相當優秀。」

單方面的殺戮。這場戰鬥手段凶殘，甚至稱不上是場比賽，史黛菈卻將之稱為

「優秀的戰鬥」。

那是因為她和觀眾不同，她比他們更加深入觀察了這場比賽。

沒錯，觀眾見到王馬的壓倒性勝利，便誤解了一件事。

〈鋼鐵狂熊〉其實很強大。

「加我運用伐刀絕技的技巧相當熟練，他甚至能增加自己的手臂。面對這種對手，斬斷他的四肢可能還**不夠**徹底。為了確實獲得勝利，必須完全阻斷他的後路。」

當然，以王馬的實力，他也能避開致命傷，改為擊潰加我的心靈。

加我要是和第一、第二輪的對手一樣，嚇得只敢耍一些小手段，王馬或許會採取這種方式。

但是他沒有。

史黛菈很清楚。

王馬面對這場戰鬥……他雖然沒有拿出真本事，**但是卻相當認真**。

正因為加我不逃不躲，正面挑戰自己，他才認為這場勝利有一定的價值。

而這個男人為了取得有價值的勝利，絕不會手下留情。

……說得難聽一點，**他即使殺人也要獲勝**。

不過，即使他是這種男人——

「……可是，你那個時候並沒有殺我。」

史黛菈口中的「那個時候」，自然是指她第一次與王馬交手的事。

當時王馬只要有那個意思，一定能殺掉史黛菈。

兩人那時的實力差距就是如此。

「你很小心地對待我呢。像是深怕不小心弄壞我似的，小心翼翼地呵護著我。」

自己身為A級騎士，實力本來是在加我之上，與王馬同等級，卻能受到這種對待。

史黛菈也不想知道他這麼做，到底是懷抱著什麼目的。

但是，他謹慎對待對手的舉止當中，並不存在那份「認真」。

不論王馬有什麼目的，他謹慎對待史黛菈，也就代表當時他和史黛菈的勝負，對他沒有任何價值。

——還有什麼狀況比這更屈辱？

因此，史黛菈的雙眸燃起熊熊怒火，望向下方的王馬，這麼宣示：

「當時真是很不好意思呢。不過……我不會再讓你有那種舉動了。明天我會徹底讓你拿出真本事。我會將你還未發揮出的力量整個拖出來，逼至極限…………然後徹底宰了你。」

她渾身散發出富含殺意的壓迫感，彷彿輕輕擦過就能燒焦肌膚似的。

王馬全身承受著史黛菈的壓力——

「真巧，我正好在想著同樣的事。」

猙獰地笑了。

◆◇◆◇◆

史黛菈向王馬宣戰之後，廣播傳來加我保住性命的消息，會場再次回歸喧鬧。有人單純放下心，有人出聲表達自己的興奮，有人責怪王馬出手過重。

史黛菈聽著這樣的喧嚷，望著清掃中的戰圈嘆了口氣。

（……艾莉絲真是的，他在做什麼啊？）

有栖院凪應該先一步回來會場了，史黛菈卻一直沒見到他出現在觀眾席。

珠雫還有比賽，不來也是沒辦法。但史黛菈原本以為有栖院應該會來看比賽——

（……唉，不過珠雫接下來也是關鍵呢。）

他應該是想在珠雫身邊待到最後一刻。

正當史黛菈默默思考著——

「呼呼呼！不愧是擁有〈鎮壓炎龍之女帝〉之稱的女人！面對那個男人竟然還能出言挑釁。恐怕不會有人能辦到同樣的事了呢。」

身後傳來年幼卻又相當高傲的聲音。

史黛菈記得這道聲音的主人。

「……我不記得我有這種稱號。」

她回過頭去，身後的人物正如她所預料。

少女身穿粉色洋裝，戴著眼罩。

那是史黛菈在第一輪比賽中，擊敗的曉學園成員之一。

〈魔獸使(Beast Tamer)〉──風祭凜奈。

她身後依舊站著那名總是神情冷淡的女僕──夏洛特・科黛。

「呵，我現在才抵達！妳要感到欣喜啊！」

「風祭，妳找我有什麼事啊？我和你們的交情可沒有好到能聊天，倒不如說是有著深仇大恨呢。」

凜奈親切地上前搭話，史黛菈卻相當抗拒。

考慮到她們之間的關係，史黛菈的反應可說是理所當然。不過──

「呵呵，我的僕人啊，妳聽見了嗎？這個女人不但把我們狠狠揍了一頓，烤了個全熟，竟然還嫌不夠呢。」

「是的，大小姐，我聽得很清楚。一想到這個野蠻人是某個國家的皇女，就會讓人深感世風日下呢。」

「唔……」

就如兩人所說，史黛菈的確是揍得她們慘兮兮。史黛菈聽她們這樣一說，也不禁感到愧疚。

「我又沒有叫妳們過來讓我繼續揍！我是問妳有什麼事啦！」

「我當然是來看下一場比賽。畢竟接下來是〈染血達文西〉要上場，她曾與我交換血與靈魂的契約呢！」

「靈魂的契約？」

「讓我來解釋吧。莎拉大人是老爺……風祭晄三大人的養女，所以她和老爺的女兒，也就是大小姐是名義上的姊妹。」

「就是這麼回事！」

「妳說話還是老樣子，沒意義又難懂……」

「妳不能用腦袋思考，要用心感覺。這麼做就能理解了。」

「我並不想理解……總之妳就是來觀戰的嘛。」

「沒錯。不過一個人觀戰未免無趣，正巧深紅公主入了我的眼，就來找妳攀談了。妳要覺得光榮。」

「我覺得超級困擾啦。」

……而且在那之前——

「什麼一個人，妳旁邊不是還有女僕嗎？」

「夏、夏爾和我是一心同體，不算在人數裡啦。」

「啊啊……大小姐，您這番話怎麼能浪費在我這條一無是處的母狗身上……」

夏洛特聽見凜奈的話語，雙頰微微泛紅。

不過凜奈卻是表情微微抽搐。

凜奈湊近史黛菈，小聲在她耳邊告知了原因：

「……事實上，夏爾那傢伙自從輸給妳之後，一直認為是她沒有保護好我，始終心生愧疚……只要我們單獨待在一起，她就會拿著跟拷問道具沒兩樣的東西，要我處罰沒用的她，我現在真的很困擾。所以拜託妳，和我待在一起吧！」

「呃，妳也真辛苦啊……」

「嗯……我已經要她不要在意了，可是她忠誠心實在太強，真是沒辦法……」

（不，那應該不只是忠誠心太強的關係。）

史黛菈也有類似前科，只能面露苦笑。

正當史黛菈和凜奈說著悄悄話──

喀哩喀哩喀哩喀哩喀哩……

她突然聽見某種嚼碎物體的聲響。

史黛菈抬頭一看，夏洛特雙眼布滿血絲，死命瞪著自己，同時不停地啃咬指甲。

「竟然和大小姐靠得那麼近……她的氣息都快吹到大小姐身上去了…………之後要趕快請大小姐入浴…………我的大小姐會沾到那女人的味道……！」

（好可怕！）

史黛菈馬上和凜奈拉開距離。

最好別和這類人扯上關係。

不過……一起觀戰應該是沒什麼關係。

「我又不是包了這裡所有位子，而且我的同伴也不在。」

「嗯！慶典果然就是要熱鬧一點哪。」

凜奈得到史黛菈首肯後，開心不已地說道。

於是她坐上附近的座位，從夏洛特手中接過爆米花與可樂。

（……她從哪裡拿出來的啊？）

「不過第二輪真是嚇了我一跳啊。沒想到他竟然會一開始就用盡一天一次的殺手鐧。」

凜奈不顧史黛菈那小小的疑問，一邊將爆米花丟入口中，一邊向史黛菈攀談。

話題當然是與下一場比賽有關。

她指的是一輝在第二輪比賽時採取的開場速攻。

「一輝就是認為白夜如此強大，才這麼做吧。事實上一旦和白夜對上，他的能力也真的很棘手。」

「若要這麼說，我那〈文件上的姊姊（Paper Sister）〉也是同樣棘手吧。」

「妳這種稱呼未免太過分了!?」

史黛菈忍不住出口吐槽。凜奈卻滿不在乎地繼續說道：

「〈天眼〉的確有個麻煩的能力。不過要論棘手，一定是〈鮮血達文西〉占上風吧？畢竟她能以〈幻想諷畫〉重現其他伐刀者的伐刀絕技。只要她想，她也可能使用〈天眼〉的能力，就算她辦不到，也能像第二輪比賽那個樣子使用〈一刀修羅〉。他面對這種對手，卻失去了自己唯一的殺手鐧，怎麼想都很不利，不是嗎？〈無冕劍王〉的成王之路或許就到此為止了呢。」

凜奈刻意以勾起不安的語氣，對史黛菈述說自己的想法。復仇……雖然還不到這個程度，但她多少帶了點壞心。

不過史黛菈卻沒有因為動搖而不安。

甚至是──

「要是說一輝不利，一輝身為F級這個身分，不論面對任何敵人都是站下風……可是一輝卻沒有輸，他不會放棄，所以他今天才有辦法站在這個地方，進入這場決定全日本騎士頂點的戰鬥中，立於這個四強戰的戰場上。所以今天的他，也一定會獲勝的。」

史黛菈注視著戰圈，雙眸中的信賴，甚至給人游刃有餘的感覺。

但這也是當然的。

〈落第騎士〉總能一一跨越眼前的危機，這種程度還不算什麼。

（而且他似乎已經解決了一個大煩惱呢……呵呵。）

史黛菈想起她來到這裡之前，一輝臨別前的表情相當清爽，彷彿放下了胸中的煩悶似的。她淡淡一笑。

接著，她這麼回應凜奈：

「曉學園才真的要做好心理準備呢。今天的一輝……一定強得不得了喔。」

◆◇◆◇◆

正當史黛菈和凜奈交談之時。

黑鐵一輝為了準備即將開始的比賽，正待在選手用準備室——

不對，他正站在通往貴賓席的走廊上。

然後他看見他等的人前來，抬起頭，出聲叫住對方。

「爸爸，我等你很久了。」

黑鐵嚴瞇起他猛禽一般的銳利雙瞳，回答道：

「……你在這種地方做什麼？比賽時間已經到了。」

「我在等你。關於下午的那件事，我想先給你答覆。」

下午的那件事，當然是指嚴的提議——「斷絕父子關係」。

一輝述說著自己的最終答覆。

「那件事，我拒絕。」

「……！」

嚴聽完一輝的答覆，有些吃驚地睜大雙眼。

他會提出斷絕關係，是因為一輝已非黑鐵家能夠處理的角色。至少藉著將他踢出家門，保住黑鐵家在紀律上的顏面。

雖說是相當單方面的理由，但是對一輝並非沒有益處。

只要斷絕關係，黑鐵就不會再干涉他的一舉一動。

因此嚴認為一輝應該會接受這個提議。

但是，一輝的答案是否。

「我不會順從爸爸的期待，甚至只會妨礙爸爸。這點不會改變，也改變不了，因為我只剩下這條路……那麼只要斷絕雙方的關係就可以了，這麼做比較輕鬆。我也是這麼認為的，不過…………即使如此，我還是黑鐵一輝。」

是他自己希望保留這個名字。

「所以我不會和你斷絕關係，至少我絕對不會點頭的。」

為什麼自己沒辦法討厭父親？

說實話，一輝自己也不清楚原因。

但是他明白，自己若是完全喪失與父親的聯繫，自己會很難過。

那麼他沒必要扼殺自己的情感，勉強自己去配合黑鐵家。

這就是一輝的最終答案。

嚴聽完一輝的答覆——

「真的可以嗎？」

他明顯露出疑惑的神情。

嚴很少讓情緒出現在臉上，卻難得展現了這種表情。

不過一輝的答案依舊不變。

他既然決定要耍任性，就不會這麼簡單就放棄。

「也是……從爸爸的角度來看，我這種只會反抗的浪蕩子，對你來說應該很礙事，不過──」

不過──

「不用去管我的事。**你**真的覺得這樣可以嗎？」

「…………咦？」

意想不到的疑問，使一輝頓時僵住了思考。

──你。

父親剛才確實這麼說了。

嚴……**竟然問了一輝的意願**。

為什麼？一輝疑惑不已，啞口無言。

嚴則是繼續說道：

「我是黑鐵的當家，同時也身為這個國家所有騎士的秩序。我一出生，就已經註定成為這副模樣。我是為此而學習成長，也為此一路走來。」

不論對誰、對任何人──皆是嚴厲且謹慎。

黑鐵家代代傳承的職責，就刻印在他的名字上。

「除此之外，我不知道其他的路。我只能選擇這樣的生存之道。你偏離了黑鐵的紀律，自己走上了荊棘之道，並且渾身浴血地爬了上來，來到全國前八強的高峰。我卻無法為你加油，更無法為你道賀……我什麼都不會做，而以後也不會變。

我就是這樣的男人。**你真的願意**讓這樣的男人，繼續做你的父親嗎？」

「…………」

這瞬間，一輝想像了父親——這個名為黑鐵嚴的男人，他的前半生。

一輝的祖父．黑鐵玄馬生下了兒子——嚴。

〈大英雄〉黑鐵龍馬的思想、作風，和黑鐵家自古以來的做法相左。玄馬雖然是龍馬的兒子，卻對他多有不滿，於是他和同樣厭惡龍馬作風的老人們聯手，強行從自己的父親手中奪走當家的寶座，並且將龍馬半是流放地趕出黑鐵家。說得直接點，他是黑鐵家的保守派當中，最偏右派的人物。

而嚴出生在這個男人膝下……沒有任何兄弟。

因此玄馬和老人們將自己的期望、理想，全都施加在這位下任當家身上。

在他還未擁有自己的意識，甚至自我才剛剛萌芽，就接受如此徹底的教育。

孩童的精神相當柔軟……哪怕是輕輕一碰都有可能受傷。他們卻為了刻劃在他名字上的理想，使勁地折磨他。

其誕生的結果便是——〈鐵血〉。

不允許任何妥協，絕不留情，只為了這個國家付出一切而生的「紀律」。

這就是一輝的父親，名為黑鐵嚴的男人。

因此，他會因為無法掌控親生兒子，乾脆與他斷絕關係。

……一輝原本是這麼認為的。

不過——

（似乎不是這麼回事……）

仔細一想，嚴的舉動打從一開始就很奇怪。

他如果真的為了這種理由要和一輝斷絕關係，那根本不用特地詢問一輝意見。

他會這麼做，只因為一個原因。

一輝明白了。

……他的一生，充滿被人規劃好的使命與理想。他必須為這個國家盡責，對從屬於這個國家的〈伐刀者〉們盡義務。各式各樣的責任緊緊捆住這個男人。而這個只知道盡責的男人，為了自己的孩子，盡他最大的能力再三考慮，才得出了這樣的結論。

凝視著一輝的雙瞳，解釋了一切。

一輝望著那雙眼睛……不自覺地苦笑了。

他察覺了。

原來如此，他們的確是父子。因為——

（我的不擅言詞，全都是遺傳爸爸啊。）

那麼，他的答案早就決定了。

「當然願意。爸爸就保持這個樣子就好。」

一輝主動回望著嚴，用力地點了點頭。

「不一定要相親相愛才叫做父子。

父親為了自己的理想，逼迫兒子走上自己指定的道路。

兒子反抗父親，堅持走出自己的路。

相反的意見，對立的雙方。平行線的討論到最後，演變成互毆。

——這不是常有的事嗎？」

「…………」

一輝將至今發生的一切，當成這點程度的小事。

爸爸會怎麼解釋兒子的這番話？

嚴……閉上雙眼良久——

「原來如此，這的確只是隨處可見的父子吵架……這麼無聊的事搞得要斷絕父子關係，也真的是太誇張了。」

他嘆息般地吐出這段話。

脣邊帶著淡淡的微笑。

正好就在此時——

『戰圈已清潔完畢，五分鐘後即將舉行第三輪第二場比賽。』

會場廣播傳來通知，下場比賽即將開始。

既然只剩下五分鐘，一輝差不多非去選手準備室不可了。

因此一輝輕輕轉過身去。

「那我走了。」

「一輝。」

嚴面對一輝的背影，這麼說道。

至今發生的一切。

自己對一輝所做的行為，幾乎是不可原諒。一輝卻將那一切稱之為**無聊的父子吵架**。

「你成為一個大器的人了啊。」

他坦率讚美了這樣的一輝。

一輝背對著嚴，聽了這番話——

「嘿嘿。」

他有些靦腆地笑了笑，邁步奔去。

在前往準備室的路上……他終於明白，為什麼自己沒辦法討厭嚴。

『反正你什麼都做不到，就什麼也別做。』

他其實隱約知道，那句話並非父親的真心。

因為，不就是這麼回事嗎？

（我的名字是，黑鐵一輝……！）

『即使只有一件成就也好，你要成為比誰都輝煌的人。』

父親將這個願望灌注在名字上，賦予了他——

（那麼，就讓他看看吧。）

要讓父親見識見識。

貫徹自我，反抗一切，在這個以自我意志選擇的世界中，光彩奪目的自己！

（走吧——距離巔峰，只剩下三場比賽！）

◆◇◆◇◆

『不過加我選手沒事，真是太好了。我一時之間還真以為會出大事啊。』

『他的傷勢看起來雖然很具衝擊性，但其實只傷了一個內臟，傷勢並不嚴重。只要進入再生囊一小時，就能完全痊癒了。』

『此時就能深深感受到現代醫學的恩惠呢。』

『更何況，工作人員這次的急救行動也相當優秀呢。特別是新宮寺小姐的急救措施，非常完美，不愧是原世界排行第三。』

『現代科學與優秀的〈魔法騎士〉互相合作，才會有這場七星劍武祭呢。』

負責播報的飯田與八乙女正在述說前一場比賽的感想，此時蜂鳴器也響了起來，代表休息時間結束。

飯田配合這段通知，在麥克風外稍微清了清喉嚨——

『好了，時間也差不多了。七星劍武祭第三輪第二場比賽，現在即將開始！』

接著進行廣播告知觀眾。

廣播一出，會場內頓時歡聲雷動。

歡呼比第一場比賽還要盛大。

這就證明了第二場比賽受到觀眾高度關注。

『那麼，現在就請第二場比賽的兩位選手進場！』

夜戰用的燈光照亮了戰圈每一個角落。播報員的呼聲一出，選手們便現身於舞台上。

『首先現身於藍色閘門的是曉學園一年級・莎拉・布拉德莉莉選手！

她能操縱有關於色彩的概念，多采多姿的能力使她獲得〈萬花筒〉的美稱！

不過這在她真正的能力中，只占了小小一隅！

伐刀絕技——〈幻想諷畫〉，這才是她真正的實力！她能重現各式各樣的兵器與兵團，甚至還能重現伐刀者以及其伐刀絕技！能力極其廣泛，簡直是作弊等級！

她的實力甚至讓牟呂渡教練評為等同於A級，本屆大賽的黑馬！

她在第三輪比賽當中又會如何活躍呢⁉』

『哎呀？布拉德莉莉選手，她的內心似乎起了什麼變化？』

八乙女突然說出了疑惑。

飯田也隨之附和：

『話說回來，她的裝束和白天不一樣呢。她現在穿起正常的衣服了。對一般觀眾來說或許有些遺憾，不過這可是幫了電視台一個大忙呢！』

『不，雖然服裝也是……她的表情感覺不太一樣了。』

『您是說表情嗎？』

『是的。至今的布拉德莉莉選手即使踏上戰圈，注意力也相當散漫，或許該說毫無氣勢……總之就是不太集中於比賽……但是現在的她，身上能感受到強烈的集中力與動力。』

她這麼一說，觀眾們也有同樣的感受。

的確，莎拉直到第二戰為止，即使是面對對戰選手，也是露出一副昏昏欲睡的表情。

不過，現在的莎拉並非如此。

她狠狠瞪著紅色閘門，眼神銳利，彷彿一隻肉食野獸瞄準了獵物。

『正如八乙女教練所說，她現在的表情非常棒。布拉德莉莉選手或許是因為解禁了她真正的力量，不再需要繼續裝傻！我越來越期待她在第三輪比賽的表現了！然後現在，我們就請她第三輪比賽的對手騎士入場！』

觀眾們順著播報員的聲音，視線聚集於紅色閘門。

在數萬人的矚目之下，黑髮劍士終於現身。

『這名少年同時兼備最弱的魔力與最強的劍術，從谷底剷除了無數聲名遠播的強敵，現在！他終於踏上這個全國四強戰的舞台了！眾所皆知，破格的F級！破軍學園一年級！黑鐵一輝選手！』

『呀啊啊啊！黑鐵——！加油——！』

『你不能輸啊！狠狠教訓對手吧——！』

一輝的身影一出現，場內頓時響起轟天的加油聲。

聲援的人數，和第一輪、第二輪比賽時相比，整整多上一倍以上。

『喔喔喔！歡呼聲非常響亮呢！觀眾席上傳來近乎嘶吼的歡呼，熱烈歡迎黑鐵選手！』

『由於比賽場地的位置關係，觀眾席上有很多來自於大阪的觀眾呢。原〈七星劍王〉諸星雄大選手，以及〈天眼〉城之崎白夜選手，這兩位選手都是大阪當地的有力選手，而他們都敗在一輝選手手上。說這些觀眾是最認同一輝選手的實力，一點也不為過。而且……』

『而且？』

『他柔和的容貌，以及和長相成反比的強悍實力，如此反差相當受到女性歡迎呢。其實我也是他的粉絲……』

『原、原來如此！不過還請您解說時保持公正。』

『我知道，用不著你說。』

八乙女有些氣憤地這麼回道。她推了推眼鏡，一邊望著一輝入場時的表情一邊解說：

『不過除了布拉德莉莉選手，一輝選手的神情似乎也不太一樣了。』

『是這樣嗎？』

『是的。一輝選手的魔力量極端稀少，所以才會被評價為F級。幾乎大部分人都知道，他由於魔力量稀少，一天只能使用一次他的伐刀絕技──〈一刀修羅〉或是〈一刀羅剎〉。也就是說他在〈天眼〉戰中使用了〈一刀羅剎〉之後，今天已經無法再使用他的殺手鐧。他的狀況如此不利，表情卻非常放鬆，看不出任何僵硬或是拚命的神情……這名騎士身為F級，能一路爬到這個位置，果然不簡單。他的肉體和心靈都非比尋常地強悍呢。』

觀眾的聲援，播報員的讚賞。

一輝接受著這一切，筆直走向戰圈，站在起始線上。

眼前的莎拉早已準備完成，她逼人的目光直視著自己。

一輝主動向莎拉搭話。

「我在來這裡之前，和爸爸談過了。」

他想告知她一聲。

「用『和好』來形容好像有點奇怪，不過我和爸爸的關係比之前好了不少……這都多虧了莎拉同學，真的很謝謝妳。」

一輝神情開朗地道謝，反倒是莎拉的表情依舊僵硬。

「我說過了，我不需要你道謝……比起這個，你絕對要遵守諾言。」

沒錯，感謝的話語對她毫無價值。

他只需要遵守那個重要的約定，就只有這件事。

一想到她的前半生經歷，她會有這種反應也是理所當然的。

因此一輝用力地點頭回應莎拉。

「當然，我親口答應妳了，絕不會出爾反爾。」

他能保證自己的信用。不過——

「但是……正因為如此，我絕對不能輸。我和史黛菈**約定好**，要在冠軍戰相見。而且，我還踢開制止我的父親，只為了走上自己決定的這條路。」

他絕不能得出半桶水的結果，他不會原諒自己。

「我貫徹了自己的任性，必須為自己做個了斷。所以我會贏過妳，贏了妳之後，成為〈七星劍王〉！」

一輝如此宣誓，同時顯現出自己的靈裝──〈陰鐵〉。

接著將刀尖，以及遠比刀尖銳利的視線投向眼前的莎拉。

莎拉則是不服輸地回以熱烈的視線──

「……我也有一個約定。是我自己擅自決定，擅自定下的約定。但是……那是我和父親唯一的連結………我絕對不會退讓。」

她幻化出靈裝〈迪米奧格之筆〉與調色盤，這麼說道：

「我一定會擊敗你，一定──！」

「很好。就讓我和莎拉同學比比看，誰的約定……誰的靈魂更強大！」

兩人鬥志沸騰，等待著開始的呼聲。

兩人之間的空氣附著一股緊張，燒灼彼此的肌膚。

每一刻、每一秒，漸漸逼近。就在這股緊繃之中──

『雙方都在起始線上就位了！那麼，七星劍武祭第三輪第二場比賽，現在正式開始！

LET's GO AHEAD ────!!!』

戰鬥的槍響，一觸即發！

◆◇◆◇◆

LET's GO AHEAD。

慣例的呼聲一下，率先行動的人是莎拉・布拉德莉莉。

她的速度之快，連以速度為武器的一輝都難以捕捉。她迅速沾取調色盤上的顏料。

接著——

「〈色彩魔法〉——閃光之亮黃（Bright yellow）。」

她揮動手臂，將顏料揮灑於空中。

剎那間，四散的黃色顏料頓時迸發爆炸般的光亮。

光芒瞬間吞噬整個巨蛋，將所有人的視野燒卻為純白。

「唔……！」

『呀啊啊啊！』

『唔喔、好刺眼！』

『比賽開始的暗號一發出，布拉德莉莉選手的〈色彩魔法〉頓時爆發！她施放了強烈的閃光，戰圈上的人肯定睜不開眼！就如同閃光彈（Flash Bang）一般！她竟然開場就使用這種招數，會讓播報員痛哭啊！』

極其刺眼的閃光燒灼了播報員的雙眼，他立刻摀住眼睛。

另一方面，他身旁的八乙女不愧是教練級人士。

閃光爆發的瞬間，她立刻將眼鏡換成有色太陽眼鏡，撐過這針對視網膜的攻擊。

不過閃光燒灼視野的時間只有短短數秒，周遭的景色立刻恢復了色彩。

於是——

『啊啊，視力終於恢復正常……喔喔喔喔喔!?這、這是～～～～！』

飯田的視力恢復正常後，下一秒，眼前的光景令他錯愕。

觀眾也和飯田表現出相同反應。

終於取回色彩的戰圈之上，早已站滿上百的骸骨士兵，個個手持突擊步槍（Assault rifle），組成陣型。

『這是第二輪比賽中展現過的〈幻想諷畫〉死靈大軍（Necro Battalion）——！布拉德莉莉選手在第三輪一開始就使出來了！』

『或許是因為她早就展現過這個招數，覺得不需要客氣了吧。』

「哦？那傢伙這次的起手式可真激動啊。」

凜奈站在選手用的觀眾席上觀戰。當她見到莎拉展現鬥志的先發攻擊，有些意外地說道。

她是莎拉的家人，所以覺得莎拉認真投入戰鬥的模樣相當少見。

「那傢伙明明不是這種性格，怎麼突然這麼有幹勁？她難不成是和〈落第騎士〉吵架了嗎？」

「他們好像打了個賭。如果莎拉能在這場比賽贏過一輝，一輝就會當莎拉的模特兒，輸了就不能再要求一輝當模特兒。」

史黛菈將從一輝口中聽來的事告訴凜奈。凜奈疑惑了一下，接著嫣然一笑。

莎拉在宴會會場引起騷動時，她也在場目睹了那場鬧劇。

她馬上就理解狀況。

「原來如此，要是讓她在這場慶典中跟來跟去，的確會讓人受不了。不過……」

凜奈摘下眼罩，瞇起異色雙瞳，不懷好意地笑了。

「竟然在一個燃不起鬥志的人心中引燃大火。他定下那條件，或許是失策了呢。〈落第騎士〉雖然擁有優異的技巧，終究是武術，終究是體術。他的力量，只是在『個人』這個範疇上延伸罷了。而他要怎麼靠著這種力量，超越現代兵器組織而成的集體武力呢？」

凜奈的這番話，正好命中眼前狀況的核心。

以多敵一，以槍對劍。

思路雖然單純，但兩者的優劣就是如此難以顛覆。

特別是一輝，他無法施展範圍攻擊或遠距離攻擊。所以這種攻擊手段對他非常有效。

所以莎拉的先攻，確實命中了〈落第騎士〉身為伐刀者的弱點。

（好判斷，她果然觀察得很透徹啊。）

數百支槍口對準了自己。戰圈上的一輝望著眼前的景象，臉上浮現淡淡苦笑。

在第二輪比賽時，這批死靈大軍曾經被擊敗過一次。

藉著〈劍士殺手〉倉敷藏人的〈天衣無縫〉之手。

而一輝也能使用完全相同的技巧。

不過……一輝也只是能使用罷了，做不出相同的防禦。

藏人是因為他的特殊體質，才能**完全卸除**數百支槍口一起施放的鉛彈暴風雨。

一輝根本辦不到。

（莎拉看得很清楚，她知道我做得到什麼，做不到什麼。）

一輝深刻感受到這點，不過，不過——

「不過……那也要所有子彈**都能命中我**才行！」

一輝微微勾起脣角。

他臉上的表情……是自信。

緊接著下一秒，會場內的所有人都驚訝於他的行動。

『什、什麼！黑鐵選手竟然逃也不逃，直接向面前上百支槍口走去——！』

沒錯。他不逃、不躲，直接朝著舉槍的骸骨軍隊，緩緩走去。

一步、又一步，彷彿散步一般地輕晃著身軀。

骸骨軍隊當然不會放過這名愚蠢的獵物。

軍隊所有士兵，一起扣下突擊步槍的扳機！

『一起射擊————————！槍彈毫不留情地飛向黑鐵選手！黑鐵選手仍舊毫無防備！』

鉛彈的暴風雨撞擊戰圈表面。

子彈削下的石材四散，掀起了一片白色沙塵。

捲起的塵煙瞬間吞沒了一輝的身影。

『比、比賽該不會就這樣定勝負了吧!?』

所有觀戰的人幾乎都懷抱著和播報員相同的不安。

不過——他們馬上就知道了。

那不安只是杞人憂天！

『什、什麼——!?』

『騙人的吧!?』

觀眾席傳來驚呼。

良久，播報員也**目睹了那一幕**。

一輝的身影出現在捲起的純白塵煙之中，毫髮無傷，並且持續向前走去。

『沒有命中!?黑鐵選手沐浴在如此密集的槍彈之中，卻連血都不流一滴！他、他究竟用了什麼魔法!?』

八乙女搖頭否定了播報員的疑問。

『這不是魔法呢。』

『怎麼會？還是說，這就是倉敷選手在第二輪比賽時施展過的〈天衣無縫〉!?』

八乙女再次否定。

『不，並非如此。〈天衣無縫〉原本是對人的技術，沒辦法卸除如此密集的槍擊。倉敷選手之所以能辦到，是仰賴他與生俱來的超人反射神經──〈神速反射〉(Marginal Counter)。除了他以外，沒人辦到如此壯舉……一輝選手剛才使用的技巧，是完全不一樣的技術。他並非卸開了子彈，**而是一開始就沒讓子彈命中**。飯田先生還記得第二輪Ｄ區的第二場比賽嗎？』

『當然！就是淺木椛選手和黑鐵珠雫選手的比賽！啊……』

飯田這才驚叫出聲。

『是〈抽足〉嗎!?』

八乙女點了點頭。

『沒錯。他剛才頻繁交換使用〈抽足〉與普通的步法，分散了標的，導致骸骨們的準頭錯亂。單點攻擊要是瞄準了錯誤的方向，會命中目標反而奇怪。更何況突擊步槍集彈率雖然較低，但是在這個距離，彈道只會偏離些許而已。』

『原、原來如此！不愧是〈鬥神〉南鄉寅次郎的體術！』

『雖然技巧本身厲害，但是最厲害的是一輝選手使用體術時的直覺，他竟然想到將原本對人使用的〈抽足〉，運用在眼前的軍隊上。其他能做到同樣壯舉的騎士，大概只剩下〈鬥神〉與〈夜叉姬〉。』

八乙女如此讚嘆道——沒多久，場上立刻起了異狀。
『啊、啊啊！這、這是！死靈軍隊聽完剛才的解說後，改變了陣型！』
陣型切換成了水平方向、不統一標的的一起射擊。
『這樣就算黑鐵選手再怎麼分散標的，也都毫無意義了！』
他陷入危機一瞬間了？
八乙女在飯田這句話說出口之前，淡淡低語道：
『這判斷實在是愚蠢至極。』
下一秒，所有人理解了這句低語的意思。
死靈軍隊從數百支槍口的集中砲火切換成水平射擊。一輝原本還交錯著〈抽足〉，悠哉地緩慢前進，但就在同一時間，他突然深深壓下身體的重心。
接著他保持這個姿勢，使勁蹬地，飛也似地衝進軍隊中。
骸骨們當然立刻以槍應戰——但是它們在開槍前就判斷錯誤了。
一輝會使用〈抽足〉，是因為一輝的身體能力無法應付如此密集的彈幕。
當它們從廣範圍攻擊轉換成水平射擊後，最重要的彈幕密度反而變得稀薄！
（光靠我的〈天衣無縫〉，就能穿越這種程度的彈幕！）
他已經沒必要繼續分散標的！
『突擊——！黑鐵選手從正面突破彈幕，衝進了軍隊裡！』
一輝正好衝進軍隊的正中央，隨心所欲地揮動刀刃，將骸骨士兵化為無數的紙片。

死靈軍隊雖然以射擊應對，但是一輝動作迅速，它們無法在極近距離內捕捉一輝的行動。

當然了，槍再怎麼強大，終究是單點攻擊。

必須拉開一定距離，才能活用它的優點。

敵人一旦逼近，劍絕對遠比槍更強、更快！

『太、太強了……！』

一輝接二連三斬倒骸骨軍隊。

他不使用魔法，只靠著一把刀劍蹂躪現代兵器。他的身影震撼了觀眾。

『人類就算不使用魔法……也能辦到這種事啊……！』

『好、好帥……』

〈魔法騎士〉們也同樣因為一輝的精湛劍術而感動。

本次大賽的營運委員長——〈審判天雷〉海江田勇藏坐在貴賓室裡觀戰，同時對坐在隔壁沙發上的嚴說道：

「哎呀，令郎實在太優秀了。日本國內能靠著體術如此奮戰的人，絕對不超過五人哪。」

「……畢竟他除此之外，沒別的專長了。」

嚴的回答依舊不透露半點情感。

不過海江田也理解他的立場。

他一開始找嚴搭話，就不期待他的回答。

海江田立刻將注意力轉回下方的會場。

（不過他真的很出色……他的動作，彷彿是全盛時期的〈最後武士〉。而他竟然只是一名成年禮剛過一年的少年，更是令人敬畏啊。）

同時，海江田也心生惋惜。

……一輝的級別為「F級」，代表他被分在「評價對象之外」。

舉例來說，伐刀者只要有E級程度的能力，即便中彈，傷勢頂多只有擦傷。因為魔力會產生作用，保護肉體。

不過……F級卻辦不到。

〈魔法騎士〉的職務，近半數都是戰鬥職種。

也就是說，F級要從事〈魔法騎士〉的職務，是極其危險的。

因此將之列為「評價對象之外」。

隸屬於聯盟加盟國的伐刀者，都有義務進入魔法騎士學校。而這個標準通用於所有的盟國。

換句話說，在國際水準中，「F級」本身**不被當成伐刀者看待**。

他們就是如此的……弱小。這樣的他們若要活在〈魔法騎士〉的世界裡，顯得太過脆弱了。

……某方面來說，嚴身為一輝的父親，他會如此堅決反對一輝走上騎士道，也是理所當然的。

而他身為監督者，當然也會擔心出現有勇無謀的追隨者。

身為F級，卻能與等同於A級的騎士抗衡。並非人人都能實現這種奇蹟。

海江田非常明白個中道理。

正因為他明白——他才更是忍不住為一輝感到惋惜。

（他如果能有E級程度的能力，就能更輕鬆地爬上巔峰才是啊。）

此時，戰圈上的一輝終於斬下死靈大軍的最後一人。

『黑鐵選手徹底殲滅了死靈大軍！一人都不剩！太、太強了！他明明失去了殺手鐧——〈一刀修羅〉，布拉德莉莉選手的〈幻想諷畫〉卻拿他沒辦法！』

〈無冕劍王〉毫髮無傷地解決了莎拉的先發攻擊。

他獨自一人悠然佇立在戰圈之中。每個人都為那道勇猛的身影送上喝采。

但是——……一輝的表情卻相當險峻。

『布拉德莉莉選手究竟該如何面對這名怪物——呃、咦？奇怪!?』

過不了多久，播報員就察覺了原因。

『這是怎麼回事!?布拉德莉莉選手消失在戰圈上了！』

沒錯，她不見了。

直徑一百公尺的圓形戰圈。

〈染血達文西〉莎拉・布拉德莉莉完全失蹤了！

觀眾們紛紛感到疑惑。

她逃走了嗎？還是在場外？那麼該怎麼倒數？

不過……

（不、她在。）

她不可能逃走。

這毫無疑問地……是莎拉的〈色彩魔法〉。

她下午也曾經利用**那個魔法**，騙過他人耳目。

道旁之岩灰，能使人化為路旁的石子一般，不入人眼。

（當時我們還能隱約見到她的身影……現在卻完全看不見了。）

她現在施加的魔法效力，就是如此強大。

一輝已經很難以肉眼捕捉莎拉的身影了。不過——

（這種程度的障眼法，是逃不過我的掌控。）

即使對方消失在視野中，他還是有方法。

對方並不像〈獵人之森〉，完全隱形了。

她只是不會進入視野之內。

那麼——只要聽就行了。

會場是圓形，磨缽狀的觀眾席上總是歡呼四起。

歡呼的聲波正好空出了一個…………人型！

搜索敵人的時間，僅僅零點數秒。

「在那裡——!!!」

一輝迅速將搜索方式從視覺轉換成聽覺，找出莎拉的身影，飛身斬去！

一旦被發現，道旁之岩灰的效果頓失。

莎拉已經無處可逃了……不——

「沒關係……我已經賺取充分的時間，來畫出這幅畫。」

——她根本不需要逃。

鏘————!!!

一輝的刀刃朝著渾身破綻的莎拉揮下……另一把刀刃阻卻了一輝的刀。

一道人影出現於一輝與莎拉之間，以手上的刀刃守護了莎拉。

但是對方只擋下了第一擊。

一輝當然不會以為只靠一擊，就能輕易擊敗莎拉。

從她第二輪比賽的戰況來看，就可以預料到這個發展。

莎拉的〈幻想諷畫〉，甚至能將伐刀者的幻想(Image)化為實體。

不論對方是誰，一輝都不會退讓。

他會使盡渾身解數進攻，逼退對方。一擊行不通，就補上第二擊、第三擊。

但是他的決心——

（……該、不會…………!?）

被眼前的現實吹得一乾二淨。

一輝的視野之中映著——一**片潔白無瑕**。

他不可能認錯。

她的身軀散發淡淡光輝，猶如薄明；手持一對純白雙劍，宛如羽翼。這道幻象——

「〈幻想諷畫〉——〈比翼〉愛德懷斯。」

正是曾與一輝交手，擁有世界最強之名的劍士。

◆◇◆◇◆

『『——————!!!!』』

〈比翼〉愛德懷斯。

即使不是騎士，這個名字也是眾所皆知。

會場內所有人見到她，皆是訝異得啞口無言。

數萬名人類創造出來的沉默，彷彿真的附有重量。就在這片沉默當中——

假愛德懷斯橫舉對劍，彷彿展翅一般。

「啊、嗄、啊——!?」

這一瞬間，待在觀眾席上觀戰的史黛菈突然抱住自己的身體，發出悲鳴。

她感覺到了。

〈比翼〉進入備戰狀態時，她施放出那宛如惡魔一般的劍氣，史黛菈的靈魂甚至拒絕直視她！

（好、好可怕……！）

這股劍氣的目標並非自己。

史黛菈感受到的，只是純粹的餘波。

但是她依舊全身顫抖，冷汗直流。

（我和她明明距離這麼遠，卻彷彿被劍抵住喉嚨似的！）

她能清晰感受到刀尖冰冷的觸感。

愛德懷斯的威壓就是擁有如此強大的支配力。

只要看一眼，即使不想也能清楚得知，彼此的實力差距竟是如此懸殊！

（這就是、世界最強的劍士……）

『竟然、竟然會有這種事——！世界聞名的犯罪者，立於劍士世界的最高峰，

〈比翼〉愛德懷斯！莎拉・布拉德莉莉選手竟然、竟然能將這樣的大人物化為實體啊————！』

『實、實在是太驚人了……沒想到她居然辦得到……！』

『真、真的、假的……！』

『這根本是……犯規啊……！』

見到戰圈上化為實體的純白劍士，因而渾身顫抖的人，並非只有史黛菈。

播報員、解說員，以及坐在觀眾席上的觀眾，全都因為驚愕顫抖著聲音。

這也難免。即使戰圈上的愛德懷斯，是莎拉以能力催生出來的假貨，她身上的氣勢卻非常強烈，與本人相去不遠。

一輝實際與之交手過，他的感受絕對比在場的每個人都要深刻！

「～～～～～～～～！！」

因此，一輝逃跑了。

他不顧一切地逃向後方，逃得越遠越好。

他在極近距離直接承受愛德懷斯的劍氣，心臟躁動不已，幾乎瀕臨爆炸邊緣。

他壓抑著鼓譟不已的心臟逃向後方。

——比起愛德懷斯化為實體的幻象，他更畏懼莎拉身為畫家的力量。她竟然能分毫不差地描繪出世界最強的劍士所擁有的存在感。

「……我事前早就做好覺悟，預想了各種狀況，就算來的是史黛菈或王馬大哥，我都不奇怪…………不過…………妳竟然連這種東西都畫得出來，真是令人甘拜下風啊……！〈染血達文西〉！」

「她是你唯一戰敗的劍士，我沒道理不畫她……我幾乎用盡了我所有的魔力，描繪出我所知的騎士當中最強大的幻象。我就以這道幻象徹底擊倒你！」

莎拉宣示著自己的勝利，她的語氣隱藏強烈的決心。於是——就在這個瞬間，〈比翼〉**無聲無息地逼近**一輝眼前，正要揮下劍刃。

「————!!!!」

『好快————』

她的速攻快得甚至來不及播報實況。

純白劍刃猶如白雷，迅速落下。

愛德懷斯的所有動作，從步伐到攻擊，**全都是無聲的**。

她琢磨極致的動作，沒有一絲浪費(Loss)。

所有能量都在一舉一動之間消耗完畢。

因此不會震動空氣，更不會產生聲響。

更甚者，〈比翼〉之劍是由零到百，做到急遽的緩急交錯，難以用肉眼捕捉其動作。

完全扼殺視覺與聽覺，高速且無聲的斬擊。

一般人甚至在感覺到自己中劍之前，早已喪命。

莎拉以幻想製作出的假貨，也擁有這種特性。

不過——

「哈啊！」

一輝早已親身體驗過這個事實。

因此才能抵擋假愛德懷斯那猶如白雷的第一劍。

不過，一輝即使防禦住第一刀，他還是沒有空閒安心。

〈陰鐵〉承受住比翼的左翼時，同一瞬間，右翼的劍尖早已觸碰到一輝的鼻尖！

「————哼！」

不過，一輝早就看穿了右邊的突襲。

雖然微微劃傷臉頰，他仍舊冷靜地歪頭迴避。

他甚至自己也揮動〈陰鐵〉，在刀劍的距離內迎擊假愛德懷斯。

假愛德懷斯展開雙劍——進攻！

「唔喔喔喔喔喔喔啊啊啊啊啊啊————————!!!!!!」

純白與漆黑的斬光相互交錯。

鋼之烈風一再碰撞、閃耀，擦出火花，相互抗衡。

沒錯，一輝與她**分庭抗禮**。

以前他必須仰賴〈一刀修羅〉，才終於能追上比翼之劍。現在卻能與之並駕齊驅！

——那是因為假貨的能力低劣？

不。

與她交手的一輝很清楚。

眼前的假愛德懷斯，絕對不比以前在曉學園交手的她還弱。

劍的銳度、力量、氣息，幾乎相同。

他能不靠〈一刀修羅〉與其抗衡的原因是——

（我變強了，強得能與她相提並論！）

他藉由〈模仿劍術（Blade Steel）〉習得了愛德懷斯的劍術。

以及為了執行這套劍術，更改了戰鬥用的腦部信號。

那一戰，帶給一輝龐大的經驗值。

因此一輝的基本戰鬥能力，已經遠遠超越了當時的他。

他即使不仰賴〈一刀修羅〉，也能跟上這種等級的戰鬥！

（這樣一來，至少能撐過去！）

「哈啊!!!!」

於是，一輝終於在刀劍的距離中，逼退了假愛德懷斯。

『唔哦哦哦哦哦！太、太厲害了！他竟然能壓制住〈比翼〉之劍，壓制了世界最強的劍術啊！』

『上啊————！〈無冕劍王〉！』

『一——輝！要贏啊——————————！』

一輝雖然不是想回應那些聲援，但他當然是打算取勝。

不論這個幻想多麼接近真人，一輝已經在戰圈對上了她，他只能擊敗她。

那麼，他要是繼續逃避，可贏不了她。

因此一輝將力量貫注於踏出的步伐，追擊退後的假愛德懷斯。不過——

（不對、糟糕——！）

他不該前進的。

「——嘎啊——!?!?」

一輝踏出步伐的瞬間，視野染上一片赤紅。

全身彷彿火燒一般炙熱，頓時飛濺出大量鮮血。

黑鐵一輝**中劍了**。

而且不是一劍，是無數劍。

（這、是……………！）

『當黑鐵選手正要往前時，他的身體突然噴血！究竟發生什麼事了!?』

『這是空氣的斷層！』

『八乙女教練!?』

『我曾經聽說過……！〈比翼〉的斬擊，等同於最強的斬擊。她的速度、銳度，全都異於常理！因此她的斬擊通過之處，會持續殘留真空的斷層！因為她的劍太過銳利，連空氣**都無法察覺自己遭到斬裂……！**』

真相就如同八乙女所言。

一輝為了追擊愛德懷斯，不慎踏進的那塊區域，早就因為稍早的激烈過招，留下無數真空的斬痕，化為鐮鼬停滯於空中。

就如同綾辻絢瀨的伐刀絕技——〈烈風爪痕〉。

假愛德懷斯只靠揮劍，就引發了同樣效果。

也就是稍早的攻防戰中，一輝並非擊退了假愛德懷斯，而是她刻意退下的。

而一輝不小心跟著闖了進去。

雖然他在前一秒就感受到異狀，打算停下，不過一輝使用了愛德懷斯的〈模仿劍術〉，一旦有了動作，就無法輕易停下。

他無法完全閃躲，渾身留下了數不清的斬痕。

不過——

「～～～～～～～～～～!!!」

他既沒時間後悔自己的大意，也沒時間因痛楚而叫苦連天。他在與世界最強的劍士一戰後，就深深體會到這點。

他放棄所有思考，從腳部放出了數小時內恢復的珍貴魔力。

一輝就如同史黛菈這些普通騎士，在踏出的步伐上施放魔力，增加力量，以現在自己能使出的最高速度，全力逃出假愛德懷斯的攻擊範圍。

他的判斷相當正確。

不到零點一秒後，白銀閃光水平劃開一輝頭部原本的所在位置。

假愛德懷斯的雙劍以肉眼無法辨識的速度擦過空氣，產生了斬光。

一輝的判斷要是錯誤，或是遲了那麼一點，他現在就身首異處了。

名副其實的九死一生。

不過──

「哈啊！哈……………！呃唔！」

做為代價，一輝用盡了珍貴的魔力。

他只是踏進一次她的攻擊範圍內，**就逼得他用盡了一切**。

而且他使盡了渾身解數，依舊無法給予對方任何一擊。

費盡了全力，才勉強留下自己的性命。

這些事實，讓一輝肯定了。

（她絕對不遜於以前戰鬥過的真人……不只如此！）

眼前的假愛德懷斯，遠比以前自己交手過的她，還要強大。

當時的愛德懷斯除了最後一劍，根本沒有認真攻擊過。

她那時只是擊退了一輝，不曾認真奪取一輝的性命。

但是眼前的她不一樣。

她明顯比當時還要更快、更銳利、更加不留情。

她甚至會使用以前沒有的招數，**積極取勝**！

「……!?」

一輝暫時拉開距離思考對策。此時假愛德懷斯突然做出神祕的舉動。

她並不追擊一輝，右手中的劍輕輕一轉，劍尖刺進地面。

鏘的一聲。

之後不久——

「啊———嘎哈!?」

一輝明明距離假愛德懷斯二十公尺以上，此時他的全身再次噴發血霧。

痛楚同時猶如電擊一般貫穿全身。

這是某種魔法引發的攻擊嗎？

答案是否。

一輝立刻了解自己遭到什麼攻擊。

（這是、〈毒蛾太刀〉…………！）

之前，真正的愛德懷斯曾經展現過這個技巧，和一輝的第六祕劍一模一樣。

這是以劍實行的〈滲透勁〉。通過刀身將震動擊入對手體內，藉由波紋破壞人體內部。

一輝曾以〈毒蛾太刀〉，將震動透過對手的靈裝擊入對手體內。

但是現在，假愛德懷斯以戰圈這個立足點當作媒介，將震動擊入位於遠處的一輝體內。

接著，她趁勝追擊心生膽怯的一輝，準備以此定勝負。

她疾如閃光，快速逼近一輝，全力揮下雙劍。

「…………！」

一輝全身痙攣，依舊反應過來。

他將〈陰鐵〉橫舉頭上，以劍為盾抵擋即將落下的一雙白雷。

但是——他勉強擋下的斬擊，力道卻微乎極微。

假愛德懷斯眼見上方的斬擊無法命中，便在揮劍的同時，巧妙控制全身肌肉，將斬擊的能量全部——轉移至腳部！

「咕……！哈啊！」

一輝將防禦上移，身體破綻百出。她立刻以膝蓋踢進一輝的軀體。

世界最強劍士的一步。聚集一切能量的踢擊順勢挖入一輝的橫隔膜，足以踢穿腹部的龐大衝擊，使得他的身軀向後飛去。

一輝的身體彷彿被大卡車撞飛似的，飛過戰圈外側的草皮，狠狠撞上隔開觀眾席與戰圈的柵欄上。而他撞上柵欄後，身軀仍未停下，鐵柵欄硬生生被撞凹，他就這樣被衝擊力拋上了觀眾席，撞碎觀眾席通道的階梯，**同時一階階地向上彈去**，直到撞上最上層的座位才終於停了下來。

『『『……………』』』

眼前的景象實在太具衝擊性，簡直像是一場出人命的意外事故。周遭的觀眾連哀號都喊不出來。

他們只是茫然地望著碎裂的階梯，宛如地毯綿延不絕的血跡，屏息凝氣。

〈落第騎士〉仰望夜空，倒落在地……他早已連抽筋都不抽一下了。

◆◇◆◇◆

『太、太、太激烈了——————!!』

人類的身體竟然有如砲彈一般，撞飛了七十公里左右——！

黑鐵選手已經落在場外！現在主審開始場外計時！他能不能在十秒以內回到場內!?是說他還活著嗎!?

不過、這實在是、實在是太……！**太強大了**!!!

〈七星劍王〉！〈天眼〉！〈雷切〉！〈無冕劍王〉黑鐵一輝選手以他引以為傲的刀劍戰，接二連三擊敗了聞名天下的勇者們！但是他卻在支撐他一路走向勝利的刀劍戰中、在這個距離裡，完全遭到敵人封殺！這股力量，已經不容許我們質疑！

包括我在內，會場裡所有人都已經明白了！

現在我們眼前的她，就是那名世界最強的劍士！她就是〈比翼〉愛德懷斯本人沒有錯！』

那麼——他不可能獲勝。

他的程度僅僅是在爭奪學生的頂點，他是絕對贏不了她。

這個會場內的所有人……都感受到共同的絕望。

沒錯，甚至連全心全意信任一輝的史黛菈也是。

一輝無計可施，就這樣被〈比翼〉擊出場外。她望著這樣的一輝，不禁屏息。

「一輝……！」

（贏不了……！）

她不論怎麼想像，腦袋都浮現不了一輝擊敗眼前這道幻象的景象。

正因為她有一定的實力，才能正確感受到。

他們之間的戰力差距就有如貓兒挑戰老虎一般……令人可笑。

不過更令人恐懼的，是那個〈染血達文西〉的畫技。她竟然能畫出如此強大的老虎，足以將一輝當成貓兒耍。

（她的力量竟然如此破天荒……！）

『五！六！七！』

「～～～～～」

史黛菈不甘地咬緊雙脣。

這期間場外計時依舊持續進行。

沒有任何人……為倒下的一輝送上聲援。

方才還為一輝加油的觀眾，所有人都帶著沉痛的表情，沉默不語。

像他們這樣的外行人，也從剛才的戰況中感受到了。

〈落第騎士〉和〈染血達文西〉。

雙方之間的力量差距，龐大到無法動搖。

因此他們察覺了，雙方再繼續戰鬥下去，也是毫無意義。

一輝身為F級，他盡力戰鬥過了。但是〈魔法騎士〉的世界，仍舊是以魔法的強弱為致勝關鍵。所有人都深刻感受到，這或許是必然的結果。

所以，正因為如此——…………沒有人注意到。

現在最應該感到絕望的那個男人——

那個無力地仰望天空的男人——

他的唇邊，浮現了無畏的笑意——

◆◇◆◇◆

『八、唔——!?』

主審正要數到八時，突然語塞。

一輝彷彿剛起床似的發出了一聲：「嘿。」隨即站起身，一鼓作氣地從觀眾席的最上層，跳過壓垮的柵欄，接著跳回戰圈，平安回到戰場上。

『什、什麼──────！黑鐵選手在第八秒時，若無其事地站起身，直接跳回戰圈中了！而且他的動作異常輕盈！他明明受到如此猛烈的攻擊，身上卻幾乎不見傷口!?這究竟是怎麼回事呢!?』

飯田播報員難以置信地感到疑惑。

另一方面，負責解說的八乙女清楚理解了狀況。

『事實上，他應該幾乎沒有受傷。』

『咦？可是他剛才的衝擊甚至能撞毀水泥製的樓梯啊!?』

八乙女點了點頭。

『正是因為如此。一般的騎士可能會連同柵欄一起**撞進**觀眾席裡，因此受到致命傷。但是一輝選手**刻意讓自己大摔特摔**，藉此將原本足以破壞一輝選手肉體的能量，分散至地面。』

一切正如同解說所言。

那些能量大得足以使柵欄凹陷，破壞掉觀眾席的樓梯。但是那些能量原本全都會作用在一輝的肉體上。

不過一輝巧妙地移動體重，將能量發散至外側，讓周遭的建築物代替自己。

『因此，方才那一擊所造成的損傷，並沒有像外表看來那麼嚴重。』

『真的能辦到這種事嗎……！』

『理論上來看，這並非劍術，而是接近柔道的受身。這只是基本的體術，非伐刀者也辦得到。當然，必須要有超高度的技術，才能分散如此龐大的攻擊。一輝選手為了磨練劍術，也精通百般武藝，這是一輝選手才會有的思考迴路。』

而當一輝分散所有攻擊之後，直到第八秒為止都在調整呼吸。

因此他現在比被撞飛場外之前，恢復了不少體力。

『太、太厲害了……！』

飯田口中的不是播報實況，而是讚嘆。

而他不是讚嘆一輝的技術。

他是讚嘆一輝的鬥爭心。一輝即使陷入何種困境，他的鬥爭心依舊不曾減弱。

『他的鬥志實在是太驚人了！〈幻想諷畫〉實在是壓倒性的強大。在場每個人應該都認為，這場比賽勝負已定。但是應該最感到絕望的黑鐵選手本人，卻絲毫不打算放棄！他面對世界第一的劍術，使盡渾身解數，拚了命地追趕對方！』

這名少年年紀輕輕，甚至能當飯田的兒子了，他卻不由得對一輝肅然起敬。

不過——

（但是，**也只是如此而已**。）

飯田語氣熱烈地讚嘆著一輝。身旁的八乙女則是冷靜的分析現狀。

不論他的受身多麼精湛，心志多麼頑強，那又如何？

他如果還有〈一刀修羅〉做為殺手鐧，倒還能拚上一拚。但是好牌盡失的黑鐵一輝，以及能夠重現世界最強劍士的莎拉・布拉德莉莉。一輝即使擠出再多骨氣，都彌補不了兩人之間的落差。他無法接近勝利的寶座。

實際上，一輝僅僅接觸一次敵人，就用盡了僅剩的珍貴魔力，甚至還屈居下風。

另一方面，莎拉則是打從比賽開始，就是毫髮無傷。

不、不只是莎拉，一輝甚至無法造成莎拉的棋子——假愛德懷斯任何一絲損傷。

說得直接點，差距太過懸殊。

他們之間的實力根本談不上勝負。

（我不認為繼續進行比賽，能有任何改變。）

而不只是八乙女一個人這麼認為。

主持比賽的主審也抱持同樣看法。

因此——

「黑鐵選手……**你還要繼續嗎？**」

他在宣布比賽繼續之前，這麼問了剛從場外回到場內的一輝。

他不是問一輝**能不能繼續**，**而是要不要繼續**。

一輝聞言，面露苦笑。

他從那句話能感覺出，對方有多麼擔心自己。

主審的言外之意就是如此：

你面對如此破格的選手，即使棄權了，也不會傷及你的名氣。

沒有人會責備你。

急流勇退近乎勇。

一輝察覺對方的話中之意，仍然這麼答道：

「是，當然要繼續。」

他不會退讓。

是因為倔強嗎？

——並非如此。

實際上，一輝沒理由退卻。

因為——

「我已經看清那幅贗品的底限了。」

◆◇◆◇◆

『黑、黑鐵選手，他做出非常強勢的發言，表示要繼續比賽！』

主審雖然困惑，依舊允許他繼續比賽！比賽再次展開！

黑鐵選手雖然肯定地表示：『他看穿了對手的底限，但是他真的找到方法，強行扭轉這絕望般的局勢嗎!?』

『應該是逞強吧？』

『是、是啊。剛剛他明明輸得一場糊塗。』

『可、可是，一輝的話聽起來不太像在逞強啊……』

一輝回到戰圈後，做出了始料未及的強勢發言。會場裡頓時一片譁然。

觀眾們的反應充滿了質疑，甚至連半信半疑的領域都達不到。

但這也難怪。

一輝至今面對假愛德懷斯，幾乎是無計可施。

其中最不相信一輝的人，就是對戰對手的莎拉。

「〈幻想諷畫〉的確不是真人，但是它能發揮出與真人無異的潛能。你不應該繼續虛張聲勢，沒用的。」

〈幻想諷畫〉的效果，她自己最清楚。

所以她能斷言，一輝絕無可乘之機。

因為一輝現在使用的劍術，是從愛德懷斯手中盜來的。

自己的〈幻想諷畫〉擁有和原型同樣的能力，所以一輝絕對贏不了她。

兩者之間有絕對的上下關係。

所以莎拉才會選擇描繪愛德懷斯。

她不可能輸。莎拉有絕對的自信。

不過——

「……我一開始的確驚訝於那幅贗品的實力，她甚至比以前與我交手過的她——真正的〈比翼〉還要來得強大。但是我只要交手數次，馬上就能揭穿那層虛假的外表。畫中的蘋果不論外表多麼鮮嫩，依舊不含一滴果汁；畫中的花卉不論多麼美麗，仍然不會飄出任何香味。妳的幻想……就只是這種程度的假貨罷了。」

一輝毫不退卻，舉起〈陰鐵〉的刀尖，堅決地說道：

「放馬過來吧……我將以我的最弱，擊潰妳的贗品！」

◆◇◆◇◆

「……!?」

一輝異樣的自信，令莎拉突然心生疑惑。

但是不論她怎麼思考，她都只覺得對方在逞強。

剛才也是，他們就算短暫抗衡了一陣子，最後還是莎拉的幻想壓倒性占上風。

一輝得不到任何戰績，只能被踢飛場外。

（我的幻想將會取得勝利，這是不容質疑的！）

假愛德懷斯彷彿在回應莎拉心中的吶喊，立刻使勁蹬地。

接著，她依舊無聲無息地逼近一輝，以雙劍施加連擊。

「哈啊啊！」

一輝隨即應戰。

漆黑鋼鐵揮開了傾瀉而下的純白閃光。

但是，一刀與雙劍依舊有差距，更何況，雙方的基本實力也有高低。

當交錯的次數增加，一輝便漸漸被逼退。

此時，伴隨著尖銳的聲響，一輝手持〈陰鐵〉的右手大大彈向後方。

一輝在假愛德懷斯面前，毫無防備。

眼前的愛德懷斯即使只是幻象，也絕不會錯過這致命的破綻！

只見右劍就要將一輝從頭頂砍成兩半。

（贏了——）

莎拉確信自己的勝利，但是——

一輝輕巧地向後一仰，躲過了即將一刀兩斷的一擊。

他是那樣輕鬆，不疾不徐。

接著彈開的右手打橫，全力斬向愛德懷斯的軀體，接著憑藉蠻力直接將進入守勢的愛德懷斯逼出刀劍的距離之外。

（咦……………）

一輝躲過了愛德懷斯的決勝一擊，而且是輕易到不自然的地步。莎拉見狀，啞然失色。

『喂，剛剛……』

『他成功進攻了、是嗎？』

『她只是像剛才一樣，故意退下誘敵吧？』

觀眾們都不認為一輝有辦法成功地攻擊愛德懷斯。

他們的反應皆是疑心疑鬼。

這也難免。一輝直到剛才，都是被打得無法招架。

但是，他們的質疑，只到一輝的第二次還擊為止。

假愛德懷斯再次逼近，光速刺擊疾速飛向一輝的眉間。

一輝對此則是一個側身，靈巧地避過刺擊，像剛才一樣回以猛烈的斬擊。愛德懷斯再度被擊退至間距之外。

『『～～～～～～～～～～～～～～～～～～～～!!!!』』

事到如今，所有人都發覺了。

他們知道就在剛才，比賽的優勢流向了哪一方。

困惑的喧鬧漸漸多了肯定……轉化為歡呼的暴風！

『成、成功進攻了——！第一次，大家還以為是假愛德懷斯刻意退下誘敵，第二次就絕對沒錯！毫無疑問，黑鐵選手剛才在交叉距離中，壓制住了假愛德懷斯！』

『太厲害啦——！剛剛刀尖只距離鼻尖不到一公分啊!?』

『他不是在逞強喔！他是真的看穿了……！』

一輝意料之外的攻勢，使得原本有些冷卻下來的會場再次急速升溫。
但是莎拉耳中聽不見這些歡呼。
她的腦袋陷入極度混亂，讓她完全意識不到這些聲音。
（為什麼突然會……！）
明明直到剛才為止，自己的幻想施展了神速與銳利劍術，完全壓制住一輝。為什麼⁉
莎拉想到這裡，突然驚覺。
她曾經聽說過。
黑鐵一輝能夠以極其恐怖的高精準度，盜取對手的思考模式。
「難道這就是〈完全掌握〉（Perfect Vision）……⁉」
「我根本不需要使用那種技術。」
說話的人正是一輝本人……他一秒就否定了莎拉的想法。
沒錯，事實上，他這次根本不需要思考到這麼深的層面。
倒不如說……他沒必要花腦筋思考。
「我不需要想得那麼深入，簡單思考一下就知道了。一名伐刀者只有一種能力，這是一定的。不論莎拉同學的能力看起來有多麼多采多姿，妳的能力原本就只有『將自己的想像化為實體』。」
〈色彩魔法〉能夠重現莎拉從色彩聯想到的印象。

〈幻想諷畫〉更是直接重現她筆下的事物。

也就是說，她的能力原本就**不是製作出與真品相似的假貨**。

而是根據自己的想像，將幻象化為實體。

「不過妳的印象究竟能多正確呢？外表就是眼前看到的一切，這個沒有問題。而莎拉同學是世界第一的畫家，仰賴妳的觀察力，或許能分毫不差地描寫出本人的身體能力。但是……剩下的呢？」

不論是一輝的劍術，還是愛德懷斯的劍術，他們的每一劍都異常快速，快得甚至讓常人無法辨識手部的擺動。

在每一個剎那之中進行僵持不下的攻防戰，視線的游移偽裝出假動作，從氣息去互相爭奪制空權。

在每一次施展斬擊時，總是隱藏著一次次鬥智，過程中你來我往。

其中的思考迴路、思考順序——莎拉能全數想像出來嗎？

「根本不可能。」

一輝能夠肯定。

連劍都沒握過的人，不可能只靠著想像進入那種境界。

那是一個直覺的世界。只有實際揮灑鮮血，往來彼岸的人，才能擁有這樣的直覺。

也就是說，這個假愛德懷斯**只是個空殼**。

重現出來的，只有外表。

她沒有辦法想像出一個人的內在，也就無法重現。

「不過，這樣一來就出現一個疑問。如果沒有內在，她為什麼會行動？她為什麼能戰鬥？於是我做了假設，並且在戰鬥中證實這個假設。剛才上方遭到攻擊時，我是故意空下身軀的防守。」

「故意的……？」

「沒錯。而最後……我得到了證實。」

而假愛德懷斯採取的行動，是將他踢飛至場外。

賦予對手損傷，同時還能期待對手場外出局。這個如意算盤的確相當不錯。

——但是面對一輝等級的體術高手，這個想法很難稱得上高明。

即使將之擊飛場外，還有個風險：對方只要撐過打擊，還能藉由場外計時，暫時中斷比賽，趁機調整呼吸。實際上，一輝就這麼做了。

從結果看來，那場攻防中吃虧的，其實是假愛德懷斯。

真人絕對不會犯下如此幼稚的失誤。

她比起取得眼前的勝利，會以確實擊倒對手為優先。

但是假貨卻出手了，她以眼前的場外出局這個取勝的可能性為優先。

——一輝藉著她的行動，證實了自己的假設。

「妳是將『贏過黑鐵一輝的愛德懷斯』這樣的構圖化為實體，所以她會專注於取勝。我只要稍微露出點小破綻，她馬上就會咬餌上鉤。」

「…………！」

「然後……只要知道這點，進攻就簡單多了。我只要刻意做出最能讓她快速取勝的路線。刻意進攻，暴露破綻，讓她窺見勝機。」

這樣一來，她就會像剛才一樣傻乎乎地衝過來。

一次又一次。

她原本就不是會自己思考的生物，只是為了取勝而生的幻想罷了。

她不但不會學習，而且她一旦窺見勝機，就無法阻止她前進。

「我只要知道攻擊會從哪來，那種稚嫩的攻擊不管再快、再鋒利，再來幾次都一樣——一點都不可怕。」

「唔、唔！」

一輝露出無畏的笑容。莎拉的臉上則是透露著無法隱藏的動搖。

當然是因為一輝的推理分毫不差，他完全識破〈幻想諷畫〉製作出來的假愛德懷斯。

就如他所說，莎拉無法描繪出細膩的攻防或思考邏輯。

她只能描繪出從模特兒身上觀察出來的情報，以及名為「勝利」的構圖。

因此她的〈幻想諷畫〉所創造出來的伐刀者幻象，只要敵人採取守勢，遠離「勝利」之時，就會意圖突破敵人的守勢「取勝」，按照贗品的體能採取類似戰術的行動。但是幻象本身終究是被動的，就像一輝剛才所做的，毫無防備地展現「勝機」引誘……幻象就會直接衝進去。它只會前進而已。

假愛德懷斯並非活生生的人類，而是一幅畫，上頭只畫著「勝過一輝」的構圖而已。

但是——

「那又如何……」

莎拉強烈地瞪向一輝，這麼回道：

「就算你理解個中道理，你還是贏不過這道幻想！因為你的劍術只是模仿她而已……！〈無冕劍王〉與〈比翼〉有絕對的上下關係！那麼有沒有內在根本無所謂！只要能重現體能，就能充分取勝……！」

莎拉不同於平時的她，大聲喊出這番話，彷彿是說給自己聽似的。

同時假愛德懷斯也有了行動。

她朝著一輝直線飛越地面。

她打算在下次進攻中，重現構圖中的勝利。她的步伐強而有力，像是在反映莎拉的決心。

純白的殺意無聲無息地襲來。

一輝對此則是——

「……原來如此，這也是有道理。」

他不逃不躲，正面迎擊筆直襲來的假愛德懷斯。

從他的架勢看來，他是打算正面決勝負。

但是他的舉動可說是有勇無謀。

因為正如他所說，莎拉的話確實有理。

即使沒有內在，外殼本身毫無疑問是世界最強。

實力如此強大的對手直線朝著自己而來，確實極具威脅。

再加上一輝現在使用的劍術，是模仿自愛德懷斯。

雙方的技巧、魔力，以及完成度，差距是顯而易見的。

即使一輝看穿〈幻想諷畫〉的弱點，仍舊無法動搖彼此的上下關係。

這些確實是事實。莎拉並沒有說錯。

沒錯，她沒有錯。

——除了一件事。

「不過莎拉同學，妳倒是徹底誤會了一件事。」

她弄錯了一個最致命的前提。

一輝已經察覺到了。

莎拉搞錯「對於戰鬥本身的認知」。

她認為戰鬥的勝負，是決定於誰的實力比較強。

但是這根本大錯特錯。

戰鬥並不是實力強大就一定會獲勝，事情並沒有這麼單純。

戰鬥並非比較數字。

而是爭奪一瞬間、一次攻防中的微小勝機。誰能得到這一點勝機，誰就能獲勝。

（那麼……我並不需要一切都勝過對方。）

只要一擊就夠了。

他只要在一次的攻防中，勝過對方即可。

既然如此，狀況就完全不同了。

就算他們之間的差異，大到他怎麼掙扎都無法彌補——

即使他們之間的差距，遙遠得可笑——

（要抵禦早就知道來處的**第一擊**，並非不可能！）

「————！」

假愛德懷斯為了決勝負，朝著一輝的頭頂揮下白刃。就在這個瞬間——

一輝也利用〈模仿劍術〉盜取的技術，同時驅動全身肌肉。

初速即為最高速。他施展了自己的祕劍當中，最快速的一擊——〈雷光〉，水平斬去，意圖將逼近眼前的純白殺意一刀兩斷。

——**他是雙手持刀**。

沒錯，這就是一輝的勝機。

就如同莎拉所說，兩人的劍術有著上下關係，完成度的差異是難以動搖的。

但是……兩人使用的劍術並非完全相同。

當然了。愛德懷斯的靈裝是雙劍，一輝則是一刀。雙方的戰鬥風格原本就不同。

既然風格不同，自然有上不上手的問題。

愛德懷斯的雙劍，是以壓倒性的出招次數封殺敵人，是完全趨向攻擊的劍術。

雙劍的暴風圈一旦捕捉到對手，對手就完全無法招架。但是因為她必須單手揮劍，每一擊的力量與速度一定會多少減弱。

另一方面，一輝是一刀流。

出招次數雖然比不上對方，但是一擊的威力與速度會是他取勝。

也就是說，在假愛德懷斯展開連擊之前，將勝負侷限於第一擊的話——

（我絕對占上風————！）

「哈啊啊啊啊啊啊啊啊啊啊啊啊啊————!!!!」

於是，雙方同樣施展肉眼不可辨識的魔劍，斬擊斬斷了夜晚的氣息，在剎那之間互相交錯。

純白的劍刃撕裂了一輝的頭皮，即將斬斷下方的頭蓋骨。當她斬進骨頭的瞬間——

漆黑的刀刃劃開一線，橫向斬殺了贗品的身軀，以世界最強騎士為底的幻想，頓時化為紙屑。

『砍、砍、砍下去了啊啊啊啊啊啊!!!!雖說是假貨，但是黑鐵選手竟然一刀斬殺〈比翼〉愛德懷斯！一擊逆轉了這絕望般的戰力差距啦————!!!!』

『喂、喂喂，真的假的啊！』

『他真的贏了……！』

『對手已經毫無防備了！就這樣一口氣決勝負吧！』

「騙、人…………」

觀眾們見到眼前的逆轉戲碼，興奮的加油聲有如地鳴一般響遍會場。莎拉身處於其中，錯愕地低語道。

她在劍術方面只是個外行人，她根本不懂為什麼剛才假愛德懷斯會敗北。

因此她無法理解狀況，只能困惑當場。

但是這個結果對一輝來說，非常理所當然。

「即使是世界最強，『她』終究只是沒握過劍的畫家精心描繪出來的空洞幻想。

但是我的〈陰鐵〉不一樣。這是我的靈魂，當我決心走上騎士之道，我就決定了。

自己的性命將與這把劍同進退，我的一切，全都在這把劍裡。」

這把劍，或許無法與世界最強的〈比翼〉相提並論。

但是這把劍塞滿了一輝的內在，是**貨真價實的真品**。

劍裡有他的夢想，因為他希望自己總有一天成為像黑鐵龍馬一樣的男人。

劍裡有他對父親應做的了結，因為他為了走上自己選擇的道路，推開了父親。

劍裡有他對眾多騎士們的責任，因為他是踩著那些騎士的夢想，一路走到這裡。

——最後，是他與心愛的少女，定下彼此互不相讓的那個約定。

這一切，全都在這把劍中。

所以他絕對不能輸。

「心、技、體，缺一不可，但是妳的假貨卻缺了其中兩樣。我是絕對不會輸給這種假貨的！」

一輝說完，壓低身軀——

「這場比賽，是我贏了…………！」

接著筆直奔向失去最強棋子的莎拉。

他準備結束這場比賽。

『黑鐵選手衝上去啦————！好、好快！』

「～～～～！」

莎拉為了製作出假愛德懷斯，她幾乎用盡了所有魔力。現在她卻失去了最強的棋子，她面對進攻的一輝，只能慌張不已。

但這也是沒辦法的。

她用來描繪〈幻想諷畫〉的顏料——也就是魔力，已經所剩無幾。

即使莎拉還留有魔力，她心中並沒有其他模特兒，能勝過擊敗假〈比翼〉的敵人。

她想不出辦法對付一輝的突擊。

（什麼都沒有…………！我已經什麼都做不到…………！）

這樣下去，她就要輸了。

但是，她要是輸在這裡——

『下一場第三輪比賽，如果莎拉同學贏得比賽，我就乖乖當妳的模特兒。但是假如妳輸了，妳就要完全放棄找我當模特兒的念頭。』

——她就不能再要求一輝成為她的模特兒。

沒辦法用他當模特兒，就等於她永遠都無法完成父親的遺作。

她跑遍了全世界，好不容易找到心中最棒的形象，就是一輝。

就算要她找別的模特兒，她也沒辦法這麼輕易改變念頭。

莎拉很清楚，一輝的模樣可能會永遠刻印在她的腦海中，揮之不去。

這樣一來……她將會永遠無法在那幅畫上，畫下任何一筆。

絕對的敗北預感。

莎拉從敗北想像出的未來，令她渾身寒毛直豎，彷彿全身的血液都為之凍結。

（不能……變成這個樣子。）

完成那幅畫的約定，是連結自己與父親的唯一羈絆。

她不想失去那個羈絆。

……她一開始確實是這麼想的。

但是當莎拉開始學畫，得知繪畫的樂趣，她心中湧現了其他的感情。

那是——嫉妒。

莎拉耗盡半生，努力想填補父親遺下的那幅畫中的空白。

在那期間，她當然數度想在那幅畫下筆。

但是每當她提起筆——卻總是贏不了。

那幅畫，繪著彌賽亞燒盡周遭的惡魔。畫中的繪畫力拙劣，畫技隨便，簡直像是自學似的，用色也讓人忍不住質疑畫家的感官……那個男人做為畫家，終其一生默默無聞，畫也不大出色。但是在那幅畫中，卻能感受到男人死後依舊炙熱的熱情，彷彿灰中火一般猛烈燃燒著。

莎拉早已是舉世聞名的畫家。

不論名聲、畫技、感受力，一切都凌駕在父親之上。

但是，她還是贏不了他。

她不甘心，同時也憧憬著他。

有一天、總有一天……她要畫出一幅畫，一幅就算放在那幅畫的中間，也絕不遜色的畫。

她想成為能畫出這種畫的畫家。

她漸漸有了這樣的念頭。

因此，完成父親遺留的畫作，不再是單純的憑弔。

而是莎拉・布拉德莉莉——賭上畫家尊嚴對父親的挑戰。

但是現在她的機會即將流失掉……她無法接受。

她不可能接受。

就像一輝賭命走上騎士之道，莎拉也同樣賭上了性命，行走在畫家之路上。

（我也一樣……絕對不能輸……！）

——既然如此！

「〈幻想諷畫〉無冕劍王!!!!」

她的畫筆猶如疾風，甚至比一輝或愛德懷斯的劍還要快。她迅速畫出一輝的贗品，上前禦敵。

而且——她還畫出了四人。

一輝訝異得瞪大雙眼。

他以為擊敗莎拉最強的棋子之後，她應該沒有準備其他招數了。

他完全沒預料到莎拉之後的反擊。

不過，他的動搖也只有一瞬間。

「嘿呀!!!!」

四名假貨身負〈一刀修羅〉，主動挑戰一輝。一輝立刻重振因大意而紊亂的精神，接著馬上斬飛其中一人的首級，將之化為紙片。

第二次呼吸時，他更是輕易地斬殺另一人。

但這也是理所當然的，畢竟對手就是一輝自己。

自己有什麼優點，有什麼缺點，什麼姿勢會進行什麼樣的攻擊。

所有長處、短處、習慣、傾向——他自己比誰都清楚這一切。

這假貨只是半吊子。即使技巧完成度再高，四個人同時進攻，也不是一輝的對手。

但是這種事——莎拉早就知道了。

她畫出了〈比翼〉，但即使她使用記憶中最強的模特兒，仍然打不倒這個男人。

這點程度的攻擊當然擋不住他。

這種空洞的幻想贏不了他。

還有一個。

她還有一個值得信賴，絕不輸給一輝的事物。

那就是她對於繪畫、對於自己決定的道路的熱情。

（只有熱情，我絕對不會輸給你…………！）

那麼——**就畫下它吧**。

不是畫別人，而是畫下自己的靈魂實體。

要將自己的熱情、靈魂投注在畫布上。

她一定辦得到——因為所謂的繪畫、所謂的創作，就是這樣的行為！

「——……」

就在一輝屠殺掉第三個的假貨時，莎拉深吸一口氣，將最後的魔力灌注在〈迪米奧格之筆〉。

接著，想像。

她想像自己心中的熱情，想像那股熱情的化身。

（——首先，性別是男性最好。）

不能是娘娘腔的柔弱男子。

即使擊倒眼前的對手，也要將自己的願望擺在第一。

若要描繪如此粗野的熱情，最好是有如岩石一般的大漢。

粗壯如樹幹的手臂，能夠剷除所有障礙。

有如巨柱（Obelisk）的雙腳，能夠踐踏一切的常理。

以及金剛石的巨劍，將無法理解自己、阻礙自己的一切全數斬斷。

肌肉比燒鑄在一起的鋼鐵更堅硬，渾身血流熱如岩漿，沾滿濺血的裝束勇猛雄壯，令人聯想到古代的劍鬥士(Gladiator)——

……莎拉彷彿流水一般，在虛空的畫布上創造自己熱情的化身。

她並沒有特別構思，但是她的想像不斷溢出，毫不停歇。

莎拉忘我地將流瀉而出的靈感與熱情投注在畫布上。

於是，她畫出幻象的大部分，最後正要想像化身的長相時……

事情發生了。

「咦……………」

她驚訝過度，說不出話來。

當她正想構思幻象的長相時，她的畫筆早已在畫布上舞動。

接著畫了出來。

那幅等同於莎拉化身的畫，那個男人的長相。

莎拉望著她下意識畫出來的，那幅化身的人臉——面露苦笑。

「……什麼啊，原來我還是記得的……」

她的心接受了他。

原來如此……若要描繪自己的熱情，沒有其他臉更適合他了。

她現在能肯定地說出口。

這幅畫、這個化身——就是自己靈魂的形體！

「〈幻想諷畫〉——瑪莉歐・羅索……！」

繪於虛空畫布上的畫透過魔力，化為實體。

一名三公尺高，渾身染血的壯年劍鬥士，出現在戰圈上。

莎拉站在她揮灑最後的魔力，精心描繪出來的幻想身旁，大喊道：

「**一輝**……一決勝負吧……………！」

高聲喊出的嗓音，不帶任何一絲不安。

一輝聞言，砍殺掉最後的假貨後，微微勾起唇角。

他一眼就看出來了。

那幅畫和剛才的贗品相比，充滿著足以刺痛肌膚，無法比較的熱能——

這個幻想……是**真貨**。

他和自己的〈陰鐵〉相同，是她的靈魂重現出來的實體。

那麼——

「求之不得……！」

一輝壓低重心，採取突擊姿態。

瑪莉歐・羅索在一輝灌注力量至雙腳前，就以不遜於假愛德懷斯的速度逼近一輝，手持巨劍砸向一輝的腦門。

壓倒性的臂力施展出來的這一斬，一擊就足以將戰圈砍成兩半。

但是，他卻碰不到一輝。

一輝面對即將落下的重擊，則是全力蹬向戰圈，向前飛奔。

接著他以優秀的眼力，在最後一刻與前方的斬擊擦身而過──

「〈犀擊〉────!!!!」

一輝將所有衝力聚集在刀尖一點，將這招祕劍攻入染血劍鬥士的眉間。

這一擊完美命中了。

但是──

「──────!?」

瑪莉歐‧羅索有如岩山一般的身體完全不為所動。

一輝的劍甚至擦不破他身上任何一塊皮。

瑪莉歐‧羅索低了低頭，甩開了〈陰鐵〉，舉起大劍朝著空中的一輝使勁一掃。

一輝身在空中，無法動彈，只能急忙以〈陰鐵〉為盾。不過──

「嘎哈……!?!?」

金剛石巨劍接觸到〈陰鐵〉的瞬間，前所未有的衝擊蹂躪一輝的全身。他的身體有如擊球訓練的棒球似地狠狠拋飛出去。

他沿著地板滑行數十公尺，接著滾落在戰圈邊緣。

一輝和他在場外的時候一樣，分散一定的損傷力道，所以他能馬上站起身。不過──

「唔…………！」

——他只承受了一擊，便砸碎了雙手。

手腕到肩膀的骨頭全都支離破碎。

他承受如此龐大的衝擊，自然也拿不住〈陰鐵〉。只見〈陰鐵〉在戰圈上空轉了轉，逐漸墜落。

而在〈陰鐵〉落到地面之前——瑪莉歐・羅索早一步衝向一輝，準備給他最後一擊。

巨大的身軀以難以置信的疾速衝上前，揮下足以砸碎戰圈的重擊。

斬斷眼前阻礙的一切，全力一擊就此落下！

相對的，一輝則是手無寸鐵——

「贏定了——！」

就在莎拉如此肯定時，下一秒，赤紅鮮血染上了戰圈。

那鮮血……有如岩漿一般滾燙。

「!?」

莎拉訝異地瞪大雙眼。

慘遭斬傷的不是一輝，而是她的熱情。

可是究竟是如何辦到的？

一輝明明沒有拿著武器。

莎拉仔細一想，這才驚覺。

一輝連滾帶摔地移動，現在兩人所站的位置是——

（糟、了……！）

那裡有著世界第一的劍士贗品，以斬痕所刻下的真空斷層。

沒錯，一輝知道自己的斬擊無法奏效，刻意將瑪莉歐．羅索誘導到這個位置。

正當瑪莉歐．羅索的龐大軀體噴出滾燙的鮮血時，一輝同時行動。

為了贏得這場勝負。

他和當時滾來時一樣，匍匐在地一般地壓低身軀，從**下方**滑過真空斷層，穿過瑪莉歐．羅索的身旁。接著，他有如箭矢似的疾速奔走，**張嘴咬住**落下的〈陰鐵〉刀柄。

然後——

他趁著莎拉錯愕當場，咬著〈陰鐵〉，彷彿整個身軀要撞上去似的，順勢將刀刃刺進她的腹部。

◆◇◆◇◆

「啊、唔……」

莎拉的身體遭到貫穿，口中溢出鮮血，跪倒在地。

同時她熱情的化身也化為紙屑，隨風消逝。
就在剛才，兩人之間，勝負已決。
「我贏了。」
「…………………嗯。」
莎拉聞言，沉默良久，小聲肯定了這個現實。
自己已經耗盡了一切的技巧、心力。
但是……她還是輸了。
於是，她接受了這一切——
「不過……我**不會遵守那個**約定的。」
接著吐出如此任性的話語。
一輝也吃了一驚，瞪圓了雙眼。
但是莎拉才不管。
他要罵自己卑鄙、騙子，都隨便他。他覺得自己是個大混蛋，也無所謂。
反正——
「我的父親，可是個死在畫布上的大混蛋，而我是他的女兒，我絕對……不會放棄這股熱情。」

莎拉任性地這麼宣示道。一輝一開始雖然震驚，接著有些無奈地嘆了口氣……揚起微笑。

「真是拿妳沒辦法呢。」

他笑得有些困擾，卻不知為何看起來非常開心。

莎拉在逐漸滑落黑暗的意識中，望著一輝的笑臉，看他笑著接受任意妄為的自己……她第一次**嫉妒起史黛菈**。

接著她這麼心想。

將來有一天……如果自己談起了戀愛……她想和這樣的人墜入戀情。

◆◇◆◇◆

〈染血達文西〉彷彿斷了線的人偶，摔落在戰圈上。

同時主審宣布比賽結束。

同時報出一輝的名字，宣布他為勝者。

『塵埃落定──！〈無冕劍王〉對〈染血達文西〉！真是一波三折的激烈戰鬥！布拉德莉莉選手在最後的最後展現了她的韌性！但是最後立於戰圈之上的人，是黑鐵一輝選手──！』

『贏、了嗎？他贏了啊！』

『他的對手能力根本和作弊沒兩樣，他竟然真的贏了!?』

『呀啊——————！一輝最棒了——————!!』

掌聲毫無保留地落在贏得激戰的最後贏家身上。

在這些喝采聲中，曉學園的風祭凜奈遺憾地嘆了口氣。

「唔——沒想到連莎拉都敗了啊。即使我有魔眼在身，也無法預料到這個結果呢……這下對月影叔叔可抬不起頭來了。」

「大小姐，請別這麼沮喪。還剩下王馬大人和天音大人呢。」

「是沒錯啦……不過我實在不懂。莎拉的〈幻想諷畫〉即使有缺陷，只能按照『畫好的構圖』行動，她還是完美重現了〈純白之巔〉的力量。〈純白之巔〉在中東進行『大掃除』的時候，莎拉剛好也在場。當時她應該已經直接觀察透徹了，所以應該不會錯……但是她為什麼還是輸了？〈無冕劍王〉的實力不可能和〈純白之巔〉匹敵吧？」

「雖說他們的實力並非同等級，但是若能預先知道對手的一擊從何而來，要取勝並非不可能。黑鐵大人在戰鬥風格方面也能取得部分優勢。」

「戰鬥風格？」

「是的，假愛德懷斯和黑鐵大人所使用的劍術，是藉由同時驅動全身肌肉，在瞬間發揮出最快的速度與最大的威力。但是，即使兩人使用同樣的技巧，兩人的靈裝卻不同。假愛德懷斯是雙劍，而黑鐵大人則是一刀流，這樣一來——」

「啊！〈無冕劍王〉是雙手持刀，所以只看一擊的話，他比較占上風啊！」

「是的。簡單計算後，黑鐵大人在瞬間當中能動員兩倍的肌肉。肌肉全數驅動後所產生的運動能量，雙方之間可以差上數倍。黑鐵大人正是以這個優勢，針對〈幻想諷畫〉只能按照『構圖』行動的弱點，取得了瞬間的勝機，才因此獲勝的。」

「原來如此……其中還有這種理論啊。」

「不過，當然必須有黑鐵大人高水準的劍術，才能實踐這個理論。一般人就算懂得理論，也無法觸及莎拉大人的〈幻想諷畫〉。黑鐵大人……身為F級，卻能獲得〈無冕劍王〉的美稱，他的實力確實是名副其實呢。」

以兩人的陣營，她們本來不應該為一輝的勝利感到欣喜。

不過她們見到一輝失去〈一刀修羅〉，依舊擊退了〈染血達文西〉，她們也衷心佩服一輝的強大。

但是看向兩人身旁的史黛菈，她原本應該會第一個高聲恭喜一輝獲勝——

她現在卻渾身顫抖。

是因為一輝贏得驚險？

答案是否。

正因為她擁有同等的實力…………**她才能理解**。

這場戰鬥真正的勝因。

一輝確實利用了一刀流的優勢。

不過——勝因並不在此，戰鬥風格的差距根本無所謂。

因為……一輝針對〈幻想諷畫〉的弱點，利用戰鬥風格的優勢之後——在那交錯的瞬間，刀刃率先觸及對手的人，仍舊是假愛德懷斯。

沒錯。心、技、體，世界最強之劍即使三者缺二，仍然沒有讓年輕武士取得先攻。

史黛菈確實目擊了那個瞬間。

因此，她甚至做好覺悟，接受一輝的敗北。

但是……結果就如她所見。

一輝的刀刃率先斬斷對方的性命。

究竟是為什麼？

史黛菈腦中一片混亂，接著……隨之戰慄。

她發覺了。

一輝在那交錯的瞬間當中，採取了惡魔般的戰術。

（一輝或許也發現了…………）

黑鐵一輝不可能誤判敵我的實力差距。他很清楚——

即使對方只是沒有內在的假貨，即使他利用一刀流的優勢，對方的斬擊仍然會先一步攻來。

所以一輝為了彌補這一段延遲……利用了〈幻想諷畫〉的特質。

他刻意將對手的斬擊誘至頭部，**以人體當中硬度最高的頭蓋骨，承受了那一擊**。

當然，不論硬度再高，終究只是人骨，愛德懷斯的劍輕易就能將頭蓋骨切成兩半。

不過她的速度仍然比砍進肌肉時還要慢。

那甚至不到零點一秒的短暫剎那之間——

兩人的斬擊，皆擁有常人無法目測的速度。

而一輝彌補了那短短的瞬間……逆轉了勝負。

於是他抓住了。

甚至連史黛菈都認為毫無勝算，如此絕望的強大對手。他依舊從她手中，奪得了那一次攻方之間的勝利。

（……真是的，這傢伙真是太誇張了…………）

他面對真刀，面對那世界第一的斬擊，竟然敢以自己的頭部為盾牌。這種主意……實在異常。

他光是會想到這種鬼主意，就已經異於常人了。

更何況，他還真的執行。實在讓人懷疑他的腦袋是否正常。

不過——正因為是黑鐵一輝，他才辦得到。

他是F級的爛學生，國家甚至不把他看作伐刀者。

戰鬥的對手總是比他強大。

他依舊一路這樣戰鬥過來。

不論何時都是拚盡全力，賭上性命。

他總是傾盡所有想得到的努力，施展手中所有的戰術，不斷地戰鬥……然後持續戰勝至今。

——於是，他培養出無窮無盡的壓箱錦囊。

他的招數遠遠超出史黛菈等人的想像範圍。

他就是靠著超越次元的戰術與執著，將別人眼中勝算微乎極微的戰力差距，以及無法回天的劣勢——**徹底翻轉過來**。

這才是身經百戰的〈落第騎士〉——黑鐵一輝真正的恐怖之處。

史黛菈戰慄於一輝的恐怖——

（真是的，只有你，我不覺得自己能輕易取勝呢……一輝！）

凌駕於恐懼的喜悅，更是令她渾身顫抖。

不論雙方的差距有多麼一面倒，都無法取得優勢。

對強者來說，沒有對手比他更棘手。

正因為是這樣的一輝，她才更加愛戀不已。

如果是他，一定能承受自己的一切。

力量、技巧、心靈……他一定能擁抱自己所有的一切。

（還剩下……一場比賽！）

與最愛的宿敵，共度最幸福的一刻。
夢寐以求的那個時刻，已經來到伸手所及之處了。

破軍學園壁報

角色介紹精選　文編・日下部加加美

SARA BLOOD-LILY

莎拉・布拉德莉莉

■PROFILE

隸屬：曉學園一年級

伐刀者等級：C→A

伐刀絕技：幻想諷畫（Purple Caricature）

稱號：染血達文西

人物簡介：據說她和某位有名畫家有關聯……？

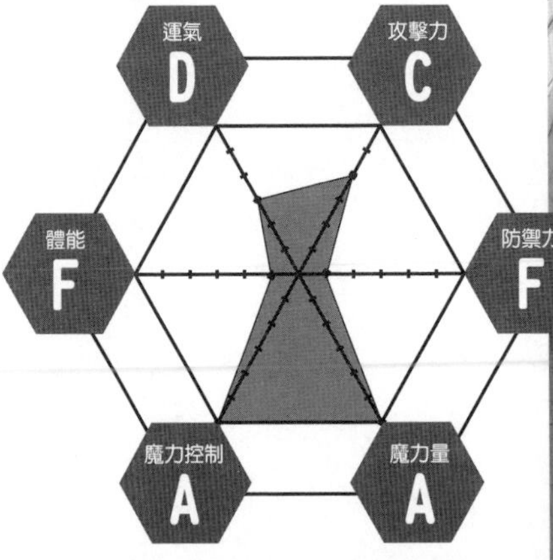

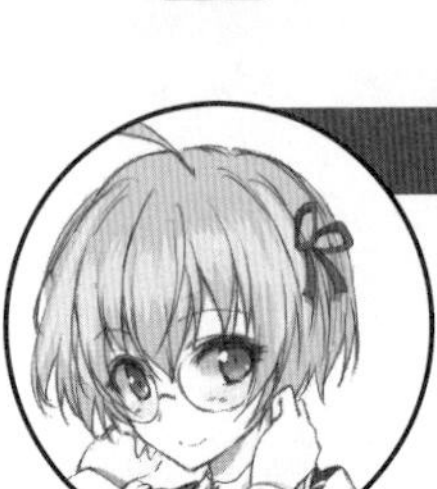

加加美鑑定！

她是曉學園的成員，直到七星劍武祭第二輪比賽，才展現了她真正的實力。

她的伐刀絕技能將自己的想像化為實體，用途相當廣泛。〈劍士殺手〉和〈無冕劍王〉都曾與她陷入一番苦戰。

不過她的伐刀絕技也並非萬能。能力範圍只限於她的想像，所以她似乎畫不出超出想像範疇的事物。另外，她的弱點在於「畫」必須要有「構圖」，而她只能依據構圖描繪。學長這次是看穿了「構圖」上的缺陷，才獲勝了呢。

不愧是學長！

間章 鮮血的結局

一輝離開戰圈後，先前往醫務室接受緊急治療，才前往選手用的觀眾席。

他在那裡與史黛菈會合。

凜奈直到方才都和史黛菈一起觀看一輝的比賽，但是她之後就去探望莎拉了。

等到一輝回到觀眾席時，只剩下史黛菈一人。

她立刻上前恭喜戀人，祝賀他經歷苦戰取勝歸來。

「恭喜你打進準決賽，要好好感謝你那顆拜老爸所賜的石頭腦袋啊。」

「哈哈……妳看得還真清楚啊。」

「你回來的還真早，不用進再生囊躺一下嗎？像是你的手臂，還有頭骨的傷。」

「手臂雖然傷得有點重，頭骨只是骨頭有點裂開而已。醫務室的人用治癒術幫我做過緊急治療了，暫時是沒問題。」

由於愛德懷斯之劍的力量毫無分散、磨耗，異常銳利，所以一輝的頭骨甚至沒有多餘的裂縫。

不過，要是對方的斬擊鈍到會讓頭骨出現多餘裂縫，一輝的速度一開始就不會輸給對方，所以要說因禍得福，似乎也有點奇怪。

「而且現在可是珠雫的關鍵勝負，身為哥哥怎麼能躺著睡大覺。再生囊之後再去也不遲。」

「珠雫贏得了嗎？」

「……不知道。畢竟對手的實力深不見底啊。」

第三輪第三場比賽即將開始。

珠雫的對手，是那個紫乃宮天音。

他是因果干涉系的能力者，他擁有的伐刀絕技——〈女神過剩之恩寵〉，**能實現任何願望**，能力單純，但卻相當凶殘。

天音第一輪的對手是〈白衣騎士〉——藥師霧子，她的實力在這場大賽中稱得上數一數二。天音卻靠著能力將她逼到不戰而敗。

他的第二輪比賽同樣是不戰而勝，對手因為食物中毒而棄權。不過因為他擁有這樣的能力，讓人很難認為只是偶然。

至於接下來即將展開的第三輪比賽——

「珠雫嘴巴上說有什麼祕密計畫，你有想到是什麼嗎？」

「不，說實話，我也想不到。」

畢竟他根本想像不到，珠雫會採取何種戰鬥風格。

不過他能肯定……珠雫擁有〈七星劍王〉等級的實力。

他太過擔心她，反而對她很失禮。

她也是一名騎士。

一輝應該堅信她的勝利，和夥伴們一起為她加油。這麼做才是最好的——

一輝想到這裡，突然察覺：

「……對了，艾莉絲呢？」

史黛菈則是搖了搖頭。

「我一直沒看到他。」

史黛菈一開始以為他只是想陪在珠雫身邊，直到最後一刻，但現在比賽已經快開始了。

他差不多也該回來了——

「他該不會是迷路了吧？」

「我認為只有艾莉絲絕對不會出這種差錯……」

自己手臂暫時無法動彈，應該讓史黛菈代替自己打電話嗎？

正當一輝這麼考慮時——

『各位來賓，時間差不多了，現在第三輪第三場比賽正式開始！』

播報員宣布賽程開始進行。

——算了，畢竟是艾莉絲，他一定會為珠雫加油的。

就算他人不在這裡，也會在某處為她加油才對。

一輝這麼心想，放棄請史黛菈打電話的念頭，望向戰圈。

『第三場比賽，將是由破軍學園一年級‧黑鐵珠雫選手，與曉學園一年級‧紫乃宮天音選手，兩位選手來爭奪D區的頂點！那麼我們就請兩位選手入場！』

聚光燈開始移動，照射在兩側的入場閘門上。

『不過仔細一想，這次的第三輪比賽，每一場都有姓「黑鐵」的選手參賽呢。真不愧是〈大英雄〉的血統。』

『是啊。假如珠雫選手贏得了這場比賽，準決賽就會演變成家族內部戰爭，感覺也挺有趣的。不過戰況還很難說，畢竟天音選手在第一輪、第二輪都是不戰而勝，資料上完全看不出他是什麼樣的選手。』

『我記得第一輪是對手有急診病患，第二輪則是對手食物中毒，沒錯吧？他似乎是個幸運小子呢。他究竟會讓我們看到什麼樣的戰鬥呢？真是令人期待啊。』

一輝聽著播報員與解說員的對話，他能肯定。

營運委員會仍然不知道天音的能力。

他們要是知道，天音從巨門學園的模擬戰開始，自始至終都是不戰而勝，他們絕對不會說出這樣的台詞。

代表選手是各校基於各式各樣的標準，去決定出來。
七星劍武祭營運委員會的工作，只有經營七星劍武祭而已。
他們應該沒有收到選手的校內模擬戰資料。
不過就算一輝去告發，應該也無濟於事。
因為他根本提不出證據去證明，就是天音影響了這有如天文學機率般的偶然結果。
——珠雫究竟該如何與這種莫名其妙的對手戰鬥？
一輝拭目以待…………接著，他感受到異狀。
而會場的所有人也是。
因為——
『……怎麼回事？兩位選手都遲遲不入場呢。』
沒錯，場內已經宣布選手入場，但是珠雫、天音仍舊不見蹤影。
眼前的事實讓一輝有一股——
「啊——————」
怦　咚
非常不妙——

怦　咚

非常討厭的　預感。

『廣播已經呼叫過選手了吧？』

『應該是……請影像先轉到準備室吧。』

緊接著——

『…………咦？』

很不幸的，一輝的預感——命中了。

『呵呵…………啊哈哈…………………』

會場的大型液晶螢幕顯示出了，準備室染滿血花的畫面——

然後是……天音全身滴著鮮血，嗤笑出聲——

以及黑鐵珠雫……慘遭無數細劍刺穿，彷彿基督教釘刑一般地釘在牆壁上。

『啊哈哈、哈哈、哈哈哈、哈哈、哈哈哈哈————!!!!』

「珠、珠雫————!!!!」

螢幕上那鮮血的結局，怵目驚心。

這也代表著一場戰鬥的結束，以及開始。

沒錯。

這場戰鬥……或許會成為〈落第騎士〉黑鐵一輝最大的考驗——

惡夢的準決賽，即將開始——

後記

非常感謝各位購買落第騎士英雄譚第七集。
我是海空陸，現在正苦於花粉症。（現在日本時間是三月）
雖然還沒影響到眼睛和鼻子，但是皮膚已經癢起來了。
像我這種對柳樹花粉過敏的人，這個季節真的會讓人痛苦難耐啊。
然後我終於養貓了。
好可愛！可是牠一直躲我！（苦笑）
不過牠也已經六歲了，是個大人了，所以也沒辦法。
希望牠哪天能發出「咕嚕咕嚕」那樣可愛的叫聲。

好了，作者近況這種沒意義的事就先放一邊，我們進入正題吧。
在第七集裡，七星劍武祭終於邁入佳境。
接下來的第八集，舞台將會是七星劍武祭準決賽。
算是全國篇的一個高潮……作者是這麼預定的。

身為作者，我也會振作起來，努力描述他們的熱情。

請各位好好期待（這個人喜歡給自己提高難度。）。

那麼最後——

感謝本書的編輯，總是盡全力提高原稿的品質。

還有WON老師，本篇總算出現女主角們的和服模樣，感謝他把她們畫得如此可愛。（漫畫版比原作早一步出現了史黛菈和珠雫的和服模樣。）

以及動畫版的各位工作人員，他們在原作進展期間，也持續地製作動畫。

最後是各位讀者，謝謝你們一直支持著這部作品。

非常感謝大家。

那我們第八集再見了。

徵稿

輕小說／BL 小說 徵稿中

尖端出版誠徵輕小說／BL 小說稿件。錯過了一年一度的浮文字新人獎嗎？現在也有常設性的徵稿活動囉！歡迎對寫作有熱情的朋友，一起來打造臺灣輕小說／BL 小說世界！

1. 投稿內容：

★以中文撰寫，符合尖端出版定義之原創長篇「輕小說／BL 小說」。

★題材、形式不拘，但不得有過當之血腥、色情、暴力等情節描寫。

★稿件需為已完成之作品，字數應介於 80,000 字至 130,000 字間（含全形標點符號，以 Microsoft Word「字數統計功能」之統計字元數（不含空白）為準）。

★投稿時請註明：真實姓名、筆名、聯絡方式（手機、地址）、職業。

★投稿時請提供：個人簡歷（作者介紹）、人物介紹、故事大綱及作品全文，以上皆請提供 WORD 檔。

2. 投稿資格： BL 小說投稿需年滿 18 歲；輕小說無投稿資格限制。

3. 投稿信箱： spp-7novels@mail2.spp.com.tw

★標題請註明：【投稿輕小說／BL 小說】作品名稱 by 作者名

★審稿期約為二～三個月，若通過審稿，編輯部將以 EMAIL 回覆並洽談合作事宜；未通過審稿者恕不另行通知。

4. 注意事項：

★投稿者需擁有作品之完整版權。

★不得有重製、改作、抄襲、仿冒或其他侵害他人權益之情事。

★請勿一稿多投。

★若有任何疑問，請直接 EMAIL 至投稿信箱，勿來電洽詢。

尖端出版

浮文字

落第騎士英雄譚 7

（原名：落第騎士の英雄譚 7）

著者／海空陸　封面插畫／WON　譯　者／堤風
發行人／黃鎮隆　副總經理／陳君平　文字校對／施亞蒨
副　理／洪琇菁　國際版權／黃令歡
執行編輯／曾鈺淳　美術編輯／陳又荻
企劃宣傳／邱小祐　內文排版／謝青秀
出版／城邦文化事業股份有限公司　尖端出版
台北市中山區民生東路二段一四一號十樓
電話：（〇二）二五〇〇七六〇〇
傳真：（〇二）二五〇〇二六八三
E-mail：7novels@mail2.spp.com.tw
發行／英屬蓋曼群島商家庭傳媒股份有限公司城邦分公司　尖端出版
台北市中山區民生東路二段一四一號十樓
電話：（〇二）二五〇〇—七六〇〇（代表號）
傳真：（〇二）二五〇〇—一九七九
中彰投以北經銷（含宜花東）／楨彥有限公司
電話：（〇二）八九一九—三三六九
傳真：（〇二）八九一四—五五二四
雲嘉經銷／智豐圖書股份有限公司　嘉義公司
電話：（〇五）二三三—三八五二
傳真：（〇五）二三三—三八六三
南部經銷／智豐圖書股份有限公司　高雄公司
電話：（〇七）三七三—〇〇七九
傳真：（〇七）三七三—〇〇八七
一代匯集／香港九龍旺角塘尾道六十四號龍駒企業大廈十樓B＆D室
電話：（八五二）二七八三—八一〇二
傳真：（八五二）二七八二—一五二九
馬新經銷／城邦（馬新）出版集團Cite (M) Sdn. Bhd.
E-mail：cite@cite.com.my
法律顧問／王子文律師　元禾法律事務所
台北市羅斯福路三段三十七號十五樓
二〇一六年二月一版一刷
二〇二〇年一月一版三刷

■中文版■

郵購注意事項：
1. 填妥劃撥單資料：帳號：50003021戶名：英屬蓋曼群島商家庭傳媒(股)公司城邦分公司。2. 通信欄內註明訂購書名與冊數。3. 劃撥金額低於500元，請加附掛號郵資50元。如劃撥日起 10～14日，仍未收到書時，請洽劃撥組。劃撥專線TEL：(03) 312-4212 ・ FAX：(03) 322-4621。E-mail：marketing@spp.com.tw

國家圖書館出版品預行編目資料

落第騎士英雄譚 7 / 海空陸 著 ; 堤風譯.
—1版.—臺北市：尖端出版，2016.02
面 ； 公分.—(浮文字)
譯自:落第騎士の英雄譚
ISBN 978-957-10-5552-7(第1冊：平裝)
ISBN 978-957-10-5650-0(第2冊：平裝)
ISBN 978-957-10-5806-1(第3冊：平裝)
ISBN 978-957-10-5839-9(第4冊：平裝)
ISBN 978-957-10-5968-6(第5冊：平裝)
ISBN 978-957-10-6044-6(第6冊：平裝)
ISBN 978-957-10-6211-2(第0冊：平裝)
ISBN 978-957-10-6338-6(第7冊：平裝)

861.57 103003318